변혁 1990

1990

35

천지무천 장편소설

FUSION FANTASTIC STORY

변혁 1990 35권

천지무천 장편 소설

초판 1쇄 찍은 날 § 2018년 7월 11일
초판 1쇄 펴낸 날 § 2018년 7월 18일

지은이 § 천지무천
펴낸이 § 서경석

편집책임 § 김경민
편집 § 이종식

펴낸곳 § 도서출판 청어람
등록번호 § 제1081-1-89호
등록일자 § 1999. 5. 31
어람번호 § 제1-2933호

주소 § 경기도 부천시 부일로 483번길 40 서경B/D 3F (우) 14640
전화 § 032-656-4452 팩스 § 032-656-4453
http://www.chungeoram.com
E-mail § chungeorambook@daum.net

ISBN 979-11-04-91786-8 04810
ISBN 978-89-251-3388-1 (세트)

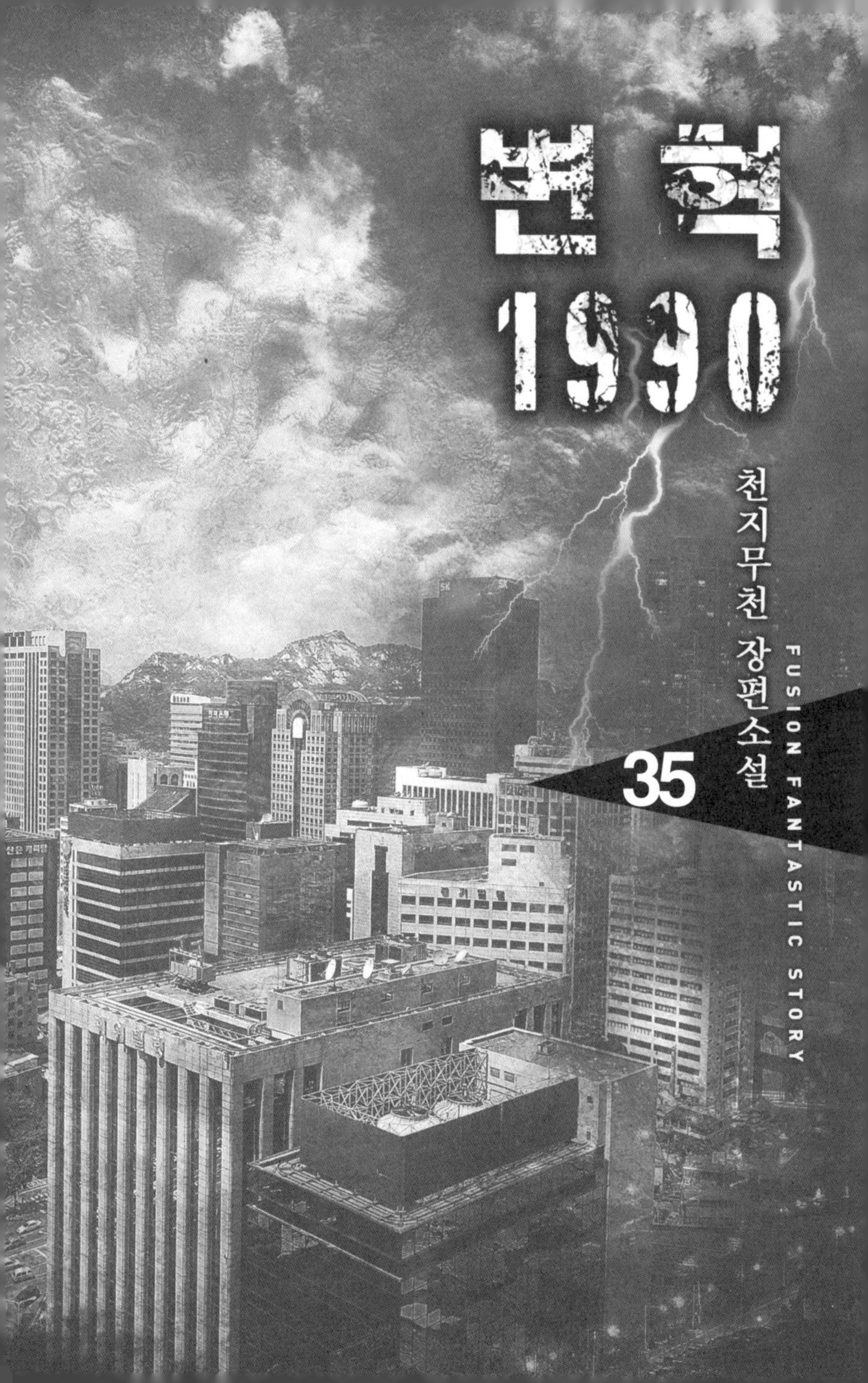
변혁
1990
천지무천 장편소설
35
FUSION FANTASTIC STORY

Contents

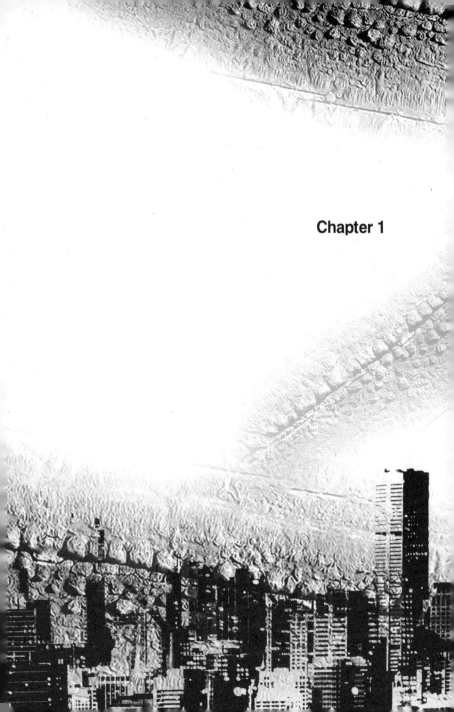

Chapter 1

철갑을 두른 듯한 근육질의 몸은 중세 시대 갑옷보다도 더 단단해 보였다.

산골짜기에서 불어오는 차갑고 매서운 바람에도 마연의 몸은 미세한 떨림 하나 없었다.

얼굴은 제외한 몸 전체가 먹물처럼 검어진 단단한 그의 몸은 바늘 하나 들어가지 않을 정도로 틈이 없어 보였다.

"사로잡으려고 했던 나의 실수다."

마연은 홍무영 장로의 지시를 받았다.

마녀를 찾으면 죽이지 말고 데려오라는 명령이었다. 하

지만 그들이 찾는 마녀의 실력을 제대로 알지 못한 것이 문제였다.

"예인이의 분위기가 바뀌었어."

가인이는 예인이가 달라진 것을 알아챘다.

예인이의 변화가 무엇을 말하는지 가인이는 잘 알고 있었다.

마연의 살기와 투기가 예인이를 자극했고, 끌어내서는 안 될 또 하나의 예인이를 불러온 것이다.

"깔깔깔! 네 덕분에 참으로 오랜만에 바깥 구경을 하게 되었어."

마연를 향해 걸어가는 예인이의 목소리가 달라져 있었다.

평소의 목소리보다 조금 날카롭고 톤이 더 높았다.

'뭐지? 기운이 달라진 것 같은데…….'

마연 또한 다가오는 예인이의 분위기가 달라진 것을 느꼈다.

그때였다.

천천히 걸어오던 예인이가 땅을 박차고 날아올랐다.

한 마리 새처럼 순식간에 허공으로 솟구친 예인이의 몸이 쏟아지는 겨울 햇살 속으로 사라졌다.

순간 빛 속으로 사라진 예인이를 찾던 마연의 눈이 커지며 몸을 황급히 옆으로 날렸다.

퍼— 억!

하지만 매가 허공에서 먹이를 채듯이 놀라운 속도로 급강하하는 예인이의 공격은 그대로 마연의 몸에 적중했다.

주르륵!

눈 위로 길을 내는 듯이 뒤로 미끄러진 마연은 5~6m를 물러난 후에야 몸을 멈출 수 있었다.

마연은 온전한 오른팔을 뻗어 공격을 막았지만, 온몸에 전해지는 충격에 몸을 떨었다.

'도대체 이건 뭐지?'

온몸에서 전해지는 밑도 끝도 없는 떨림은 쉽게 멈춰지지 않았다.

지금껏 척살단의 부단주로서 백야의 인물 여섯 명을 처리했다.

그러는 와중에 상처도 입었고 위기에 빠진 적도 있었지만, 오늘 같지는 않았다.

압도적인 힘의 차이가 느껴졌을 때 오는 떨림과 두려움이 몸에 전달된 것처럼 말이다.

"아직 쓰러지면 안 되지. 조금 더 날 재미있게 해줘봐."

태연히 마연을 바라보며 말하는 예인이의 몸이 다시금 움직였다.

　　　　*　　　*　　　*

　신의주 특별행정구는 완벽하게 돌아가고 있었다.

　아시아의 외환 위기에 대한 우려는 이곳에서는 전혀 통용되지 않은 말이었다.

　"대출금을 갚지 못한 19개의 공장을 인수했습니다."

　소빈뱅크 신의주 지점을 맡고 있는 김건우 지점장의 보고였다.

　신의주 특별행정국에 진출한 회사들에게 소빈뱅크는 대출을 해주었다.

　하지만 외환 위기를 알지 못했던 회사들은 규모에 맞지 않는 대출을 통한 무리한 확장을 진행했다.

　이러한 일은 신의주 특별행정구에 진출한 회사들도 별반 다르지 않았다.

　공장을 담보로 돈을 빌렸던 회사들은 끝내 대출금을 갚지 못하고 공장을 넘겨주는 꼴이 되었다.

　최대한 도움을 주려고 했지만, 남한에 있는 본사들이 부도로 쓰러지는 것을 막을 수는 없었다.

　"해당 공장들의 생산품들은 무엇입니까?"

　"양말, 스타킹, 장갑, 여성복과 기계 부품, 주방용품, 패션 액세서리, 봉제완구, 식품류 등 다양합니다."

"음, 대다수가 소비재를 만드는 곳이군요. 의류품들과 패션 액세서리는 닉스에서 운영하도록 하면 될 것 같습니다. 식품류는 도시락에……."

소비재를 만드는 공장의 인수는 중국에 더 많은 수출을 할 수 있는 품목이 늘어난다는 말이었다.

한국에서 중국으로 건너가 섬유와 의류를 제작하는 회사들이 많아졌지만, 북한에서 고용한 인력들의 생산 능률과 꼼꼼한 솜씨를 따르지 못했다.

더구나 신의주 특별행정구에서 만드는 제품은 관세가 없어 중국 내에서 만드는 것과 같았기 때문에, 품질이 뛰어난 특별행정구의 제품들은 중국 시장에서 높은 인기를 누리고 있었다.

"그리고 해당 공장에서 고용했던 북쪽 직원들은 모두 고용 승계하도록 하십시오. 남한에서 파견한 근로자들은 관리하게 되는 회사들이 판단해서 고용 여부를 결정하십시오."

"예, 말씀대로 진행하겠습니다."

신의주로 올라온 닉스홀딩스의 김동진 비서실장이 대답했다.

"닉스는 요즘 어떻습니까?"

회의에는 닉스의 한광민 대표와 닉스아메리카의 김석중 대표가 참석했다.

　닉스아메리카의 본부장으로 파견되었던 김석중은 작년 말 대표로 승진했다.

　닉스아메리카는 닉스의 미국 판매는 물론 마블 코믹스와 DC 코믹스, 닉스픽사, ESPN, 아마존과 이베이 등 미국 내 떠오르는 IT 기업들의 지분을 소유하고 있었다.

　닉스아메리카의 지분 비율은 닉스홀딩스가 30%를, 닉스가 30%, 그리고 나머지는 40%는 내가 소유하고 있었다.

　"제가 먼저 말씀을 드리겠습니다. 미국 내 닉스의 판매량은 작년보다 67%나 신장했습니다. 이에 따른 이익률 또한 83%로 대폭 늘어났습니다. 이는 베스트셀러 제품인 에어조던 시리즈의 판매가 급격히 늘어났고… 작년 미국에 처음 선보인 닉스프리(NIX-Free)가 선풍적인 인기를 끈 덕분에 나이키와 아디다스와의 시장 점유율에 대한 격차가 더욱 벌어지고 ……."

　미국 내 닉스의 성장세와 이익률은 가파르게 올라갔다.

　이러한 결과는 미국 드라마와 영화 속은 물론 스포츠 중계를 하는 중에 닉스 신발과 제품들이 집중적으로 노출되었기 때문이다.

　닉스아메리카 계열사로 새롭게 편입된 워너 브러더스 영

화사의 로고에도 닉스가 들어갔고, 이름도 닉스워너엔터테
인먼트로 바뀌었다.

미국 내 소비자들이 직간접적으로 보게 되는 닉스의 상
표 노출이 경쟁사와 비교할 수 없을 정도로 빈도가 매우 높
아진 결과이기도 했다.

*　　　　*　　　　*

털썩!

믿기 힘든 표정의 마연은 예인이 앞에 무릎을 꿇었다.

마연은 전신의 모든 기운을 끌어 올려 예인이를 공격했
다.

속사포처럼 빠르고 강력한 주먹이 예인이의 전신을 노릴
때마다 풍압이 느껴질 정도로 대단했다. 마연의 주먹이 허
공을 가를 때마다 예인이의 머리카락이 바람에 날렸다.

하지만 수십 번의 공격에도 예인이의 털끝 하나 건드리
지 못했다.

마치 아이를 데리고 놀듯이 여유롭게 마연의 공격을 피
했다.

문제는 피하는 동작이 점점 빨라져서, 어느 순간부터 마
연은 예인이의 속도를 따라가지 못했다.

"뭐가 이리 시시해."

예인이는 무릎을 꿇은 채 고통스러워하는 마연을 바라보며 말했다.

예인이의 말투 속에는 지금의 싸움이 너무 쉽게 끝났다는 아쉬움이 묻어나왔다.

"컥! 넌, 넌 도대체… 누구… 냐?"

한 움큼의 검은 피를 입 밖으로 뱉은 마연이 힘겹게 말했다.

"깔깔깔! 난 말이지. 그냥 알려주기는 싫은데."

마연을 놀리듯이 말하는 예인이는 평소의 예인이처럼 보이지 않았다.

"예인아! 이제 그만해."

숨죽이며 지켜보던 가인이가 나섰다.

예인이의 놀라운 움직임에 가인이가 나설 수가 없었다.

마라톤을 완주한 선수가 힘겹게 숨을 내쉬듯이 호흡이 거칠어진 마연은 이제 더는 위협이 되지 못했다.

그의 가슴에는 도장이 새겨진 듯한 선명한 손자국이 찍혀 있었다.

마연의 몸속은 엉망으로 망가진 상태였다.

"내가 왜 네 말을 들어야 하지?"

예인이는 무섭게 가인이를 노려보며 말했다. 평상시 다

정하게 언니를 대하던 예인이가 아니었다.

"난 너의 언니니까. 이젠 그만 정신 차려!"

가인이는 걱정스러운 표정으로 예인이를 바라보았다.

어린 시절 예인이가 갑자기 돌변했던 그때의 모습이 다시금 떠올랐다.

한없이 착하기만 한 예인이의 변화는 가인이에게 큰 충격이었다.

어린애들이 감당하지 못할 커다란 도사견을 맞닥뜨렸을 때 보였던 예인이의 달라진 모습을 가인이는 그 누구에게도 말하지 않았다.

예인이의 변화는 송 관장도 모르는 일이었다.

"아니, 넌 내 언니가 아니야! 언니라면 동생에게서 소중한 것을 빼앗아 가지 않아."

가인이를 바라보는 예인이의 싸늘한 눈은 마연을 바라보던 눈길과 전혀 다르지 않았다.

"예인아! 본래의 모습을 찾아."

가인이는 예인이의 붉어진 눈동자를 보았다. 그녀의 눈동자는 어린 시절 보았던 눈동자보다 더 붉어져 있었다.

마치 다른 누군가가 예인이의 몸을 차지한 것처럼 붉은 눈의 예인이는 너무 낯설고 두렵기만 한 존재로 바뀌어 있었다.

"깔깔깔! 넌 바보인가 봐. 어떻게 차지한 몸뚱이인데 내어줄 것 같아?"

"크! 정말… 마녀가 있었… 어."

고통스러운 표정으로 가슴을 부여잡은 마연이 다시금 힘겹게 말했다.

그때였다.

싸늘해진 표정의 예인이가 무서운 속도로 손을 뻗어 마연의 목을 부여잡았다.

"컥!"

일체의 저항을 할 수 없는 마연이었다.

그도 그럴 것이 예인이의 무서운 기운이 거미줄처럼 마연의 온몸을 옴짝달싹하지 못하게 옥죄고 있었기 때문이었다.

"난 마녀가 아니야. 난… 아아악! 안 돼!"

마연을 공격하던 예인이가 갑자기 얼굴을 찡그리며 신음성을 내질렀다.

철퍼덕!

목을 쥐고 있던 예인이의 손이 풀리자마자 마연의 몸은 힘없이 뒤로 넘어갔다.

*　　　*　　　*

가인이의 전화를 받자마자 신의주 공항에서 곧장 비행기를 타고 서울로 향했다.

서울과 신의주는 아직 직항로가 개설되지 않아 전용기는 서해로 빠진 후 김포공항에 착륙할 수 있었다.

비행기가 서울에 도착하는 내내 나는 안절부절못했다.

흑천의 인물이 가인이와 예인이를 공격한 것이다.

"음, 시기를 좀 더 앞당겨야겠어."

김대중 대통령의 취임 이후에 흑천의 본거지를 공격하려고 했지만 지금 같은 상황에서는 계획을 바꿀 수밖에 없었다.

"놈들이 어떻게 알았을까요?"

걱정스러운 표정의 김만철이 물었다.

"글쎄요. 집을 찾아온 것은 아닌 걸 봐선 우연히 마주쳤을 수도 있습니다."

마연이 송 관장의 집을 찾은 것은 아니었다.

가인이와 예인이가 수련과 운동을 하는 북한산에서 마연을 만났기 때문이다.

"우연이라고는 해도 회장님을 공격했던 놈들이 동네를 찾았다는 것이니 가족들이 위험해질 수도 있습니다."

김만철의 말이 맞았다.

혹천의 인물들이 동네에 나타난다는 자체가 가족들에게 위험한 일이었다.

"예, 그래서 계획했던 것보다 먼저 혹천을 쳐야겠습니다."

원래는 혹천을 치기 전 미르재단을 먼저 정리하려고 했다.

이 나라를 위해서도 혹천에 도움을 주는 미르재단과 함께 그 재단에 속한 기업과 인물들을 정리하는 것이 먼저였다.

"러시아에 연락을 취할까요?"

"코사크의 이동을 청와대와 군 쪽에서 눈감아주어야만 마음먹은 대로 움직일 수 있습니다. 먼저 김대중 당선인을 만나보고 결정하겠습니다."

태백산 자락에 자리를 잡고 있는 혹천의 본거지를 치기 위해 대규모 병력이 필요했다.

태백산은 생각보다 넓고 험했다.

혹천의 인물이 단 한 명이라도 빠져나가지 못하게 하려면 적어도 천여 명이 넘어서는 병력과 수송헬기, 공격헬기도 필요했다.

한마디로 대규모 군사작전을 방불케 하는 일이었다.

정부의 협조 없이는 현지 주민과 언론들이 눈치를 챌 수밖에 없었다.

　더구나 총기에 대한 자유가 없는 한국은 러시아처럼 코
사크가 마음대로 활동하거나 움직이기 힘들었다.

Chapter 2

송 관장의 집에 도착하자마자 예인이가 누워 있는 방으로 향했다.

현재 송 관장의 집에는 12명의 코사크 경호원이 경비를 서고 있었다.

방 안으로 들어서자 예인이는 깊은 잠에 빠진 것처럼 침대에 누워 있었다.

"예인이는 어때? 의사는 다녀갔어?"

예인이를 간호하고 있는 가인이에게 물었다. 전화로는 정확한 상황을 묻지 못했다.

"어, 며칠 안정을 취하면 문제는 없을 거래."

"다행이네. 어떻게 된 일이야?"

"평소대로 운동을 하려고 예인이와 함께 산에 올라가는
데……."

가인이는 척살단의 부단주인 마연을 만나게 된 이야기를
들려주었다.

"정 씨 아저씨가 살던 곳에 나타났던 인물이었다고?"

마연은 백야의 인물이었던 심마니 정 씨를 죽이려고 했
다. 하지만 나와 가인이로 인해서 승부를 보지 못했다.

"처음에는 몰랐었는데, 검은 피부를 보고 알게 되었어."

"놈은 어떻게 되었어?"

"예인이가… 밖에서 이야기하자. 중요하게 말할 것도 있
으니까."

가인이의 말에 난 누워 있는 예인이를 다시 한번 바라본
후 방을 나갔다.

그때였다.

깊은 잠에 빠진 것으로 여겨졌던 예인이의 눈이 살며시
떠졌다.

한데 그녀의 왼쪽 눈동자가 여전히 붉었다.

*　　　　*　　　　*

"그게 무슨 말이야? 예인이가 달라졌다니?"

가인이가 말한 예인이에 대한 이야기가 믿기지 않았다. 아니, 무슨 말인지 잘 이해가 되지 않았다.

예인이가 아닌, 그녀와 전혀 다른 인격체가 예인이 몸속에 자리 잡고 있다는 말은 소설이나 영화 속에나 등장할 만한 이야기였다.

"정확한 것은 나도 잘 모르겠어. 이제껏 단 두 번만 이런 일을 경험했었으니까."

"병원에는 가본 거냐?"

"아니, 어린 시절에는 너무 두려워서 누구에게도 말하지 않았어. 예인이도 원치 않았고."

"그럼, 13년 만에 예인이의 다른 모습이 다시금 나타났다는 거야?"

"그런 것 같아. 왜 이런 일이 일어나는지 모르겠어."

가인이는 몹시 걱정스러운 표정으로 말했다.

"병원에 가서 진찰을 해보는 것이 어떨까?"

"예인이가 원하지 않을 수도 있어."

"예인이가 원하지 않더라도 의사의 진찰은 받아보는 것이 좋을 것 같아. 앞으로 이런 일이 일어나지 않는다는 보장이 없잖아. 너에게까지 적대적인 모습을 보였다며?"

두 사람은 서로를 아끼며 세상 둘도 없이 사이가 좋은 자매지간이었다.

그런 예인이가 언니인 가인이에게 위협적인 모습을 보였다는 것은 정말 믿기 힘든 이야기였다.

"모르겠어. 예인이가 왜 그렇게 변했는지."

가인이는 지금의 현실을 부정하고 싶었다.

"깨어나면 내가 잘 말해볼게. 그리고 이 일은 송 관장님께도 말씀드려야 할 것 같은데."

"아니, 말하지 마. 예인이는 오빠에게도 이 사실을 감추고 싶어 했으니까. 아빠가 아시면 오빠보다 더한 반응을 보일 거야."

"이런 일이 있는데 관장님께 모른 척할 수는 없잖아."

"13년 만에 일어난 일이야. 평소에는 아무렇지 않아."

"네가 본 것이 13년 전일 뿐이야. 네가 알지 못했을 때도 이런 일이 있었다면 어떡할 거야."

"그렇지는 않을 거야. 예인이가 이런 모습을 보이는 것은 자신이 감당할 수 없을……."

그때였다.

정신이 들었는지 예인이가 방문을 열고 밖으로 나왔다.

"태수 오빠! 언제 온 거야?"

"어, 지금 막 왔어. 몸은 괜찮은 거냐?"

"나야 늘 괜찮지. 내가 얼마나 튼튼한데. 안 그래, 언니?"

예인이는 가인이의 곁에 앉으면서 평소처럼 정겹게 말했다. 그런 예인이의 모습에서 이상한 점은 전혀 발견할 수 없었다.

가인이가 이야기했던 붉은 눈동자도 보이지 않았다.

"그야 물론이지. 나보다 더 튼튼하잖아."

가인이도 평소처럼 밝게 웃으며 답했다.

"나 몰래 무슨 이야기를 했길래, 두 사람 다 표정이 심각해?"

"어, 너랑 싸웠던 인물에 관해서 이야기를 나누었어."

"그 사람은 어떻게 되었어?"

예인이는 상황을 모르는 사람처럼 되물었다.

"기억이 안 나는 거야?"

"마주쳤던 것은 기억이 나는데… 그다음부터는 생각이 나질 않아."

예인이는 생각을 해보려는 듯이 애를 쓰는 모습이었지만 마연이 어떻게 되었는지 전혀 모르는 눈치였다.

마연은 생명을 구했지만 많은 것을 잃어버린 상태였다. 혼수상태에 빠진 마연은 머리에 산소 공급이 중단되어 뇌 세포가 손상된 상황이었다.

깨어나더라도 정상적인 생활은 힘들었다.

"예인아, 이런 말을 꺼내서 미안한데 네가 괜찮다면… 나랑 병원에 가면 안 되겠니?"

난 예인의 말에 곧바로 말을 꺼냈다.

내가 조심스럽게 이야기를 할 때 가인이는 날 보며 고개를 저었다.

"다친 곳은 없는데."

"다친 곳은 없지만, 네가 기억을 못 하는 동안 일어난 일 때문이야."

"어떤 일이 일어났는데?"

예인이는 가인이와 날 번갈아 쳐다보며 물었다.

*   *   *

척살단의 단주인 풍운이 급하게 홍무영 장로를 찾았다.

"마연이 행방불명되었다니? 그게 무슨 말이냐?"

"저와 만나기로 한 장소에 오질 않았습니다. 사흘 동안 기다렸지만 마연의 모습은커녕 연락도 되지 않았습니다."

마연은 지금껏 약속을 단 한 번도 어긴 적이 없었다.

더구나 그가 지니고 다니는 핸드폰과 삐삐 모두가 꺼져 있었다.

"설마, 마연에게 무슨 일을 일어났다고 가정하는 것이냐?"

"마연의 실력은 믿지만, 그동안 보여주었던 모습이 아니어서 말씀드리는 것입니다. 지금까지 한 번도 약속을 어겼던 적이 없던 친구였습니다."

"음, 네 말은 곧 마연의 신변에 사고가 생겼다는 말인데. 과연 누가 그런 일을 저지를 수 있겠느냐?"

마연은 흑천에서도 열 손가락 안에 드는 강한 인물이었다.

"저도 믿기지는 않습니다. 하지만 강태수 회장을 처리하려 했던 인물들의 실종과 화린의 부상, 그리고 연락이 끊긴 마연까지 일련의 흐름이 좋지 않습니다."

"마연까지 정말 당한 거라면 백야의 숨은 고수라도 등장한 것이란 말인가?"

홍무영 장로의 미간 주름이 좁혀졌다. 이는 홍무영 장로가 지금의 상황을 심각하게 받아들였다는 뜻이었다.

"외람된 생각이지만 숨어 있던 고수보다는 화린이 이야기했던 마녀가 아닐까요?"

"마녀라? 정말로 마녀가 실존한다고 생각하는 것이더냐?"

환비록에 나온 마녀의 이야기를 홍무영 장로는 쉽게 받아들이지 않았다.

다른 장로들의 생각과 달리 홍무영은 화린이 상대했다는

인물을 백야의 인물이거나 흑천에서 갈라져 나온 인물로
판단했다.

"지금까지 저와 마연을 위험에 빠뜨렸던 백야의 인물은
단 한 명뿐이었습니다. 그 인물은 10년 전 대종사에 의해서
사라지지 않았습니까. 그 이후부터 만났던 백야의 인물들
은 그만한 실력이 없었습니다. 더구나 마연의 실력은 그동
안 비약적으로 발전해 왔습니다."

"너는 지금 마연이 당했다고 단정하고 있구나?"

"예, 마연을 잘 알고 있는 제가 판단하기엔 그는 이런 식
의 행동을 보일 친구가 아닙니다. 만약 그의 신변에 다른
문제가 생겼다고 하면 어떤 연락이라도 와야 하는데 말입
니다."

교통사고나 경찰과 연루된 문제가 발생했다면 연락이 오
는 것이 당연했다.

가지고 다니는 신분증과 핸드폰에 저장된 번호를 통해서
충분히 연락을 취할 수 있었다.

더구나 미르재단에는 여러 명의 고위급 경찰이 포함되어
있었다.

"네 말대로 진정 마녀의 환생이라면 내가 직접 나설 수밖
에 없다."

"이 일을 대종사께 알려야 하지 않겠습니까?"

"아니, 마녀의 환생인지 아니면 숨은 고수의 등장인지 확인한 후에도 늦지 않는다. 행여 마연이 연락을 취해올 수도 있지 않으냐? 섣부른 판단보다는 직접 눈으로 확인하는 것이 먼저다."

그때였다. 밖에서 인기척이 들렸다.

"화린입니다. 아주 중요하게 보고드릴 일이 있습니다."

밖에서 다급한 화린의 음성이 들려왔다.

"들어와라."

홍무영 장로의 목소리에 화린은 황급히 방 안으로 들어왔다.

"무슨 일인데 그러느냐?"

홍무영이 장로와 마주 앉아 있던 풍운이 물었다.

척살단의 단주인 자신에게 먼저 보고하지 않은 화린의 행동에 목소리가 조금 커졌다.

"두 분이 함께 계신다는 말을 듣고 황급히 온 것입니다."

풍운이 행동을 알아챈 화린이 답했다.

"제가 마녀를 보았습니다."

"그게 무슨 소리냐?"

순간 화린의 말에 홍무영 장로의 목소리가 커졌다.

＊　　　＊　　　＊

예인이는 생각과 달리 순순히 병원의 검진을 받았다.

마연과의 싸움에서 예인이는 다행스럽게도 다치지 않았다.

그리고 마연과의 대결에서 다른 인격체가 나타났던 일로 이틀간 정신과 상담과 검진을 함께 받았다.

"다중 인격은 해리성 장애의 하나로 한 사람 안에 둘 또는 그 이상의 각기 구별되는 정체감이나 인격 상태가 존재하는 것을 말합니다. 큰 위기나 급작스러운 스트레스를 겪을 때 아주 미숙하거나 매우 병적으로 반응하는 방법의 하나가 해리 현상을……."

예인이를 진찰하고 상담했던 박호순 정신과 의사가 설명을 해주었다.

해리 현상은 평상시 잘 통합되어 있던 개인의 기억이나 정체감, 의식, 지각 기능 등이 위기를 만나면 붕괴되어 버리는 현상을 말한다.

"해리 현상 중 드물지만, 매우 독특한 현상으로 다중 인격이 나타날 수 있습니다. 정식 명칭은 해리성 정체감 장애로 대표적인 예가 지킬 박사와 하이드입니다. 평균적으로 해리성 정체감 장애 환자들이 가지는 다중 인격의 수는 평균 5~10가지 정도입니다. 보고에 의하면 22가지의 다른 인격을 가진 사례도 있었습니다. 특히나 통계상 환자의 90%가 여성에게 나타나고 있습니다만, 송예인 씨의 경우는 다중 인격이라고 말하기에는 힘든 부분이 있습니다. 단 한 가지의 인격이 나타났고⋯ 지금은 좀 더 상황을 지켜보면서 판단을 내리는 것이 좋을 것 같습니다."

국내에서 손꼽히는 정신과 의사인 박호순은 예인이에게서 나타났던 다중 인격에 대해 확신을 갖지 못했다.

검사와 테스트를 진행하는 과정에서 보인 예인이의 모습과 검사 결과가 모두 정상으로 나왔기 때문이다.

해리성 정체감 장애는 과거 빙의나 다중 인격 장애라고 불렸다.

"그럼 정상인 것입니까?"

함께 이야기를 듣고 있던 가인이가 조심스럽게 물었다.

"음, 테스트 과정에서 보여준 송예인 씨의 모습은 정상입니다. 특별하게 문제 되는 모습을 볼 수 없었고 검사 결과도 정상으로 나왔으니까요. 하지만 보호자께서 말씀하신 대로 다른 인격을 보였다면 좀 더 지켜봐야 하겠지요."

"알겠습니다. 병원은 계속 방문해야 합니까?"

"아닙니다. 13년 전에 있었던 일이 다시 일어난 거라면 앞으로 죽을 때까지 발생하지 않을 수도 있고, 아니면 한 달 후에라도 갑자기 나타날 수 있는 일입니다. 하지만 지금은 반복적인 패턴으로 일어나는 현상이 아니기 때문에 섣불리 판단하기 힘듭니다. 다시 이런 일이 일어난다면 그때 가서 정신적 치료와 약물 치료를 고려해 보겠습니다."

"무슨 말씀인지 알겠습니다."

의사의 말처럼 앞으로 평생 일어나지 않았으면 하는 생각이 들었다.

내가 알고 있는 예인이의 모습이 바뀐다는 것은 상상하기도 싫었다.

*   *   *

"그게 무슨 말이냐? TV에서 마녀를 보았다니?"

홍무영 장로가 화린의 말에 놀라 다시금 확인하듯 물었다.

"예, TV에 나와 노래를 불렀던 송예인이라는 대학생이 마녀의 모습과 똑같았습니다."

화린은 TV 연예 프로에 나왔던 예인이의 모습을 우연히 보았다.

화린이 본 연예 프로는 대학가요제 특집으로 대학가요제에 출전해 노래를 불렀던 예인의 모습을 편집해 내보냈다.

"확실한 것이냐?"

풍운이 다시 물었다.

"예, 그 모습을 절대로 잊을 수 없었습니다. 분명 TV에 나온 대학생이 마녀가 맞습니다."

화린은 확신하듯이 말했다.

머리스타일이 조금 달랐지만, 외모는 자신이 기억하고 있는 마녀와 똑같았다.

"음, 화린의 말을 확인해 보면 알 것이다. 풍운 단주는 곧장 서울로 올라가 화란이 말한 송예인에 대해 알아보거라."

"예, 바로 올라가겠습니다."

"만약, 화린이 말한 송예인이 마녀가 맞다면 내가 갈 동안 섣불리 움직이지 마라."

"알겠습니다."

"저도 가면 안 되겠습니까?"

화린이 홍무영 장로와 풍운을 번갈아 보며 말했다.

"넌 아직 몸이 회복되지도 않았잖느냐."

풍운이 나무라듯이 말했다.

"제가 가야 확실히 마녀를 알아볼 수 있습니다. 더구나 전 마녀와 싸우고 싶지 않습니다. 다만 절 이렇게 만든 마녀의 최후를 직접 보고 싶을 뿐입니다."

화린은 정신을 차린 후부터 몸을 회복하기 위해 노력했지만, 몸이 이전처럼 말을 듣지 않았다.

화린은 자신을 이렇게 만든 마녀를 저주하며 밤마다 마녀를 죽이는 꿈을 꾸길 원할 정도로 복수심을 불태웠다.

한데 지금 자신의 모든 것을 무너뜨린 마녀의 정체를 알게 된 것이다.

자신처럼 공포감에 휩싸인 채 죽어가는 마녀의 모습을 보아야만 끓어오르는 분노를 조금이나마 해소할 수 있을 것만 같았다.

"틀린 말이 아니다. 화린을 데리고 가 확인시켜라."

홍무영 장로의 말이 떨어지자 화린의 얼굴에 미소가 피어올랐다.

Chapter 3

한국에 돌아와 김대중 당선인을 만났다.

IMF 관리 체제 아래에 들어간 한국 경제의 위기를 극복하기 위해 동분서주하고 있는 김대중 당선인은 대통령 취임 일주일을 남겨두고 있었다.

"후! 참으로 쉽지가 않습니다. 일단 급한 불을 껐지만, 그 다음이 문제입니다."

IMF의 도움과 미국의 협조로 달러가 국내로 들어오자 2천 원대를 돌파했던 환율은 1천7백 원대로 내려왔다.

4백 선 아래까지 떨어졌었던 주가종합지수도 5백 선을

돌파했다.

하지만 달러와 상승에 따른 석유와 천연가스 등 에너지 자원과 광물자원의 도입 가격이 올라가자 경우와 등유를 비롯한 석유 관련 제품의 가격이 55%나 상승했다.

이와 함께 자동차를 비롯한 고가의 가전제품과 생활용품의 판매가 부진했고, 내수가 침체되기 시작했다.

"위기가 기회라고 했습니다. 이 기회를 발판 삼아 기업들이 국제 경쟁력을 갖춘 기업으로 재탄생해야 합니다."

"그래야겠지요. 하지만 그게 말처럼 쉬워 보이지가 않습니다. 방만하게 운영되어 온 기업들로 인해서 은행마저 부실을 면치 못하고 있으니까요. 앞으로 얼마나 많은 기업이 더 쓰러질지 예측하기가 힘들 정도입니다."

김대중 당선인의 말처럼 며칠 전에도 계열사들의 부실로 인해 시공 능력 26위의 극동건설그룹이 부도로 쓰러졌다.

극동그룹은 극동건설을 모기업으로 10개 계열사를 거느리고 있었다.

업계에서 비교적 무리를 하지 않는 기업으로 통했지만, 부동산 경기 침체와 IMF 한파로 자금이 돌지 않아 큰 어려움을 겪었다.

특히나 극심한 증시 침체로 인해 대규모 적자를 내오다 작년 12월 부도를 낸 동서증권에 이어 부산에 본사를 둔 계열사인 국제종합건설이 부도로 이어져 그룹의 발목을 잡았다.

국제종합건설은 한때 부산에서 도급 순위 1위를 고수했던 기업이었지만, 주상복합빌딩에 자금이 대거 묶이고 지난해부터 민간 공사에서 920억 원을 제때 회수하지 못해, 극심한 자금난 끝에 최종 부도 처리되었다.

극동그룹은 다른 기업들처럼 전 계열사와 빌딩 등 부동산을 매각하는 비상 경영 대책을 내놨지만, 고객예탁금 인출 사태가 일어난 동서증권의 부도와 부동산 매각 실패가 결정적이었다.

"어려움이 있더라도 이 기회에 부실기업들을 정리하고 가셔야 합니다. 그래야만 앞으로 국가경쟁력을 갖출 수가 있습니다. 아깝고 아쉽다고 해서 부실기업을 끌어안고 가다가는 더 큰 것을 잃게 됩니다."

"틀린 말씀은 아니지만, 실업 문제가 점점 심각해지고 있습니다. 건실한 기업들도 취업 문을 줄이고, 중소회사들은 더는 버티지 못하고 쓰러지다 보니 직장을 잃은 가장들의 문제가 심각합니다."

김대중 당선인은 무척 피곤한 모습으로 말했다.

그의 말처럼 기업들의 구조조정과 부도 여파는 수많은 실업자를 양산하고 있었다.

"미국의 실리콘밸리의 벤처기업들처럼 뛰어난 아이디어와 기술을 가진 회사와 사람들에게 기회를 주어 새로운 기업들이 일어날 환경을 만들어야 합니다. 이를 위해 정부 차원에서 기업을 창업할 수 있는 지원센터와 기술센터를 설립하여 적극적으로 도움을 주어야 합니다."

"새로운 기업들을 만들어 일자리를 해결하자는 말씀입니까?"

"예, 창의적인 기술을 가진 회사들로 새로운 직업과 직군을 만들어가야 합니다. 기존에 있는 기업들이 아닌 전혀 새로운 기술과 생각을 가진 벤처기업들을 육성하고 창업으로 이어지게 하여……."

지금은 구조조정의 시기였다.

썩은 살을 도려내지 않으면 자칫 온몸이 썩어 들어가 생명을 앗아가거나 새살이 돋아나는 데 오랜 시간이 걸린다.

위기를 넘기면 곧장 경제에 새로운 활력을 불어넣어야만 다른 나라 경쟁 기업과의 싸움에서 뒤처지지 않는다.

아프다고 누워만 있다가는 경쟁에 뒤처져 앞으로 나갈 수 없는 것이 냉혹한 국제 관계였고 경제 현실이었다.

"중국은 무섭게 한국을 따라잡으려고 할 것입니다. 근시안적으로 대응하다가는 한국 기업들이 갖고 있는 경쟁력을 중국에 빼앗길 수 있습니다. 더구나 일본 기업들은 앞으로 한국 기업에 대한 경계를 더욱 강화하여 기술 협력과 투자를 지금보다 줄일 수밖에 없는 상황에……."

난 김대중 당선인에게 앞으로 중국과 일본이 보여줄 모습을 대략적으로 설명해 주었다.

중국은 한국의 강점인 제조기술을 어떡하든지 습득해 따라잡으려는 모습을 보였고, 일본은 자신들의 첨단 기술을 한국에 더는 전수해 주지 않으려고 했다.

"하하하! 언제나 강 회장님과 이야기를 나누면 답답한 문제의 해답을 찾을 수 있어서 좋습니다. 오늘 나눈 이야기를 관계자들에게 지시해 구체적인 방안을 만들도록 하겠습니다."

처음 어두웠던 얼굴의 김대중 당선인은 내 이야기에 조금은 환한 표정이 되어 웃음을 내보였다.

"정부 관계자들은 물론이고 현장에서 일하는 기업인, 그리고 도움이 필요한 사람들 모두가 참여해서 정책을 만들어야 합니다. 현실에 맞지 않은 방안과 구태의연한 정책은 하나 마나 한 일입니다. 또한 단발성이 아닌 지속적인 지원 정책이 이루어져야 합니다."

난 가감 없이 내가 가진 생각을 김대중 당선인에게 전달했다.

지금껏 정부가 해왔던 여러 경제 정책 중 현실에 맞지 않거나 동떨어진 것들이 상당수 있었다.

더구나 보여주기식 정책에 치중했고 일회성으로 끝나는 일들이 너무 많았다.

많은 예산을 들여 정부 정책을 진행했던 부서와 인원들이 1~2년 만에 사라지는 일이 허다했다.

"역시! 제게 이런 말을 해주시는 분은 강 회장님뿐입니다. 앞으로도 많은 조언을 해주십시오."

"도움이 되었다면 제가 감사할 뿐입니다. 기업을 운영하는 저로서는 정부의 도움이 많이 필요하니까요. 그리고 한 가지 중요하게 드릴 말씀이 있습니다."

"무엇입니까? 강 회장님이 말씀하시는 것은 뭐든 들어드려야지요."

"일전에 말씀드린 흑천에 관한 이야기입니다. 그들을 하루라도 빨리 정리해야 할 것 같습니다. 토벌 작전을 앞당겨……."

흑천의 움직임에 대해 김대중 당선인에게 말해주었다.

대통령 후보자였던 한종태와 관련된 사건들을 처리하는 일과 가인이와 예인이를 비롯한 가족들을 위험에 빠뜨릴 수 있는 일에 대해서도 소상히 이야기했다.

사실 김대중 대통령은 취임식과 더불어서 정부와 연관된 각종 조직에서 미르재단 인물들을 솎아내는 작업을 동시에 진행하려고 했다.

하지만 그 작업과 별도로 흑천의 토벌 작전을 앞당기려고 하는 것이다.

"음, 토벌 작전을 앞당긴다. 혹시 미군이 의심하지 않을까요?"

군사작전을 방불케 하는 토벌 작전이기에 군사작전권을 가지고 있는 미군이 움직임을 포착할 수도 있었다.

"일상적인 부대의 혹한기 동계훈련으로 하는 것이 좋을 것 같습니다. 현지에 사는 주민들에게도 군부대의 동계훈련으로 알려서 총소리가 나도 문제 삼지 않도록 말입니다. 대신 언론이 포착할 수 없도록 완전히 태백산 일대를 통제해야만……."

토벌 작전에 대한 구체적인 이야기를 김대중 당선인과 나누었다.

미국의 눈을 피해 천여 명에 달하는 코사크의 전투부대가 한국에 들어오는 방법도 모색해야만 했다.

＊　　　＊　　　＊

"무슨 일이시죠?"

교무처 여직원은 풍운을 위아래로 쳐다보며 물었다.

"송예인 학생의 주소를 좀 알고 싶습니다."

"꽤 늦으셨네요?"

"무슨 말씀이시죠?"

"대학가요제를 나가고 난 후에 다들 송예인 학생의 주소를 알려고 난리가 났었으니까요. 어디서 오셨는데요?"

"아, 예. 신문사에서 나왔습니다. 송예인 학생을 취재 좀 하려고요."

풍운은 기자 신분증을 내밀며 말했다.

"죄송해요. 누구에게도 알려주지 말라는 지침이 내려왔습니다."

"한 번만 부탁하겠습니다. 제가 요즘 위에서 너무 구박을 받고 있습니다. 이번 취재 건이 잘못되면 쫓겨날 수도 있어서요."

풍운은 여직원의 말에 너스레를 떨며 말했다.

"그러셔도 안 돼요. 주소를 알려 드리면 제가 쫓겨나요."

"아무에게도 말하지 않겠습니다. 한 번만 양해해 주시면 저도 도와드릴 일이 있을 때 돕겠습니다. 힘드시면 그냥 눈으로 한번 보고만 가겠습니다."

풍운은 명함을 꺼내 여직원에게 건네며 사정했다. 그런 그의 행동 때문인지 여직원은 고민하는 표정이었다.

"힘드시다는 것 알지만 딱 한 번만 도와주십시오. 저는 신세 지고는 못 사는 성격입니다. 제 도움이 필요할 때가 있으실 것입니다."

풍운의 말처럼 한국에서 신문 기자를 알고 지내면 여러모로 도움이 되었다.

더구나 풍운이 내민 명함에는 4대 일간지에 해당하는 신문사 이름이 찍혀 있었다.

"후! 난감하네. 그럼 그냥 한번 보고만 가세요."

"정말 감사합니다. 절대로 피해 보시는 일이 없도록 하겠습니다."

풍운은 말에 여직원은 학적부를 보관하는 캐비닛으로 걸어갔다.

"여기 있어요. 빨리 보시고 주세요."

"예, 감사합니다."

풍운은 여직원이 건넨 학적부를 빠르게 건넸다.

학적부에 적인 주소를 본 풍운의 표정이 심각하게 바뀌었다.

교무처를 나온 풍운은 자신을 기다리고 있는 검은색 승용차에 올랐다.

"알아보셨습니까?"

운전대를 잡고 있는 광풍이 물었다. 눈매가 매서운 광풍은 척살대 내에서 마연 못지않은 실력자였다.

"그래, 화린이를 데리고 구기동으로 가야겠다."

풍운의 말에 승용차가 빠르게 출발했다.

*　　　*　　　*

송 관장과 상의한 후 가인이와 예인이가 다시금 우리 집으로 들어왔다.

흑천의 본거지를 처리한 후에 집을 옮길 생각이다.

"김대중 대통령의 취임식 때를 맞춰서 작전이 시작될 것입니다."

"음, 그러면 여론의 이목이 모두 취임식에 쏠리겠네. 코사크는 언제 들어오는데?"

내 설명에 송 관장이 고개를 끄떡이며 말했다.

"각 지역에 배치된 코사크와 전투부대가 출발했습니다. 블라디보스토크에 머물던 2개 팀은 오늘 부산에 들어왔습니다."

"태백산 주변 마을의 주민들은 어떻게 할 예정인가?"

"작전이 시작되기 전 모두 대피시킬 것입니다. 놈들이 마을로 흘러들어 가는 것을 차단하기 위해서도 마을에는 사람이 없어야 합니다."

마을 주민들에게는 충분한 보상을 해줄 계획이었다.

재산상의 손해를 입게 된다면 그에 대한 보상도 함께할 것이다.

"토벌 작전에는 어느 정도의 인원을 동원할 건가?"

"1,200명입니다."

처음 계획보다 이백 명을 더 추가했다.

이들 모두는 흑천의 토벌 작전을 위해서 그동안 수많은 훈련을 받아왔다.

"대단하군."

"확실히 뿌리를 뽑아야 합니다. 외곽 지역은 국내 요원들이 동원되어 차단할 것입니다."

"정부의 도움은 없는 건가?"

"예, 일절 받지 않기로 했습니다. 정부는 이 일에 대해 전혀 모르는 것으로 했습니다. 다만 군부대의 혹한기 훈련을 가장하기 위해서 대대 병력이 주변 도로를 지나갈 것입니다."

정부는 코사크가 벌이는 흑천의 토벌 작전에 일절 관여하지 않는다. 지역 경찰들에게도 태백산 지역에 접근하지 말라는 명령이 내려졌다.

한편으로 작전이 벌어지는 시간 동안 주변 지역의 핸드폰과 전화의 사용도 중지될 것이다.

"이들만으로 흑천을 모두 처리할 수 있을까?"

송 관장은 흑천의 인물들 중 상상할 수 없는 괴물이 있을 수도 있다는 생각을 하고 있었다.

북한의 신의주 특별행정구에서 만났던 임범 같은 인물이 흑천에도 분명 존재할 것이기 때문이다.

"최선을 다하는 수밖에는 없습니다. 아무리 날고 기는 고수라고 해도 총알은 뚫고 들어가니까요."

"틀린 말은 아니지. 하지만 엄폐물과 피할 장소가 많은 산중에서는 총을 사용한다고 해도 쉽지 않을 수도 있어. 전투가 벌어지면 놈들도 무기를 사용할 테고. 더구나 대규모로 움직이는 병력이라 흑천의 본거지에 침입하기도 전에 놈들에게 발각될 수도 있어."

송 관장의 말은 틀린 이야기가 아니다.

놈들이 총기를 소지하고 있을 수도 있었고, 송 관장처럼 암기를 사용할 수도 있었다.

문제는 험한 산중에 있는 놈들의 본거지에 진입해야 하는 것이었다.

그곳을 유일하게 알고 있는 김만철 경호실장이 안내를 맡겠지만 천여 명이 넘어서는 병력이 움직이면 놈들이 알아챌 수 있었다.

"하지만 소규모의 병력으로는 오히려 당할 수가 있습니다."

혹천의 인물들은 태백산 일대를 눈 감고도 다닐 수 있을 정도로 지리에 밝았다. 하지만 코사크는 아니었다.

지리적 불리함을 대규모 병력과 화력으로 메꾸는 작전을 펼칠 수밖에 없었다. 더구나 놈들은 보통 인물들이 아니었기에 더더욱 많이 병력이 필요했다.

"음, 분명 놈들은 감시자들을 곳곳에 배치해 두었을 거야. 감시자를 처리하지 못하면 기습을 할 수가 없어."

송 관장의 말처럼 김만철은 태백산에 오를 때 혹천인과 갑자기 마주쳤다고 했다.

일반인이 전혀 알아챌 수 없는 곳에서 불쑥 나타나 산을 오르지 못하게 한 것이다.

"그럼, 어떻게 하는 것이 좋겠습니까? 가족들을 위해서라도 더는 시간을 끌 수 없는 상황입니다."

가인이와 예인이를 습격했던 혹천이었기에 다른 가족들도 위험했다.

"그럼, 나를 비롯한 김 실장과 정 부장이 앞장서서 움직여야겠지. 중국에 있는 박 대리도 불러들이고……."

송 관장은 자기 생각을 설명하기 시작했다.

*   *   *

"이곳이 정말 마녀의 집이란 말입니까?"

화린은 송 관장의 집 앞에서 서서 풍운에게 확인하듯 물었다.

"그래, 학교에서 주소를 확인했다."

"이제야 확실히 알겠습니다. 마녀는 우리가 감시했던 강태수와 서로 아는 관계입니다. 그때 저는 저 나무에서……."

화린은 자신이 이곳에서 겪었던 일들이 새록새록 떠올랐다.

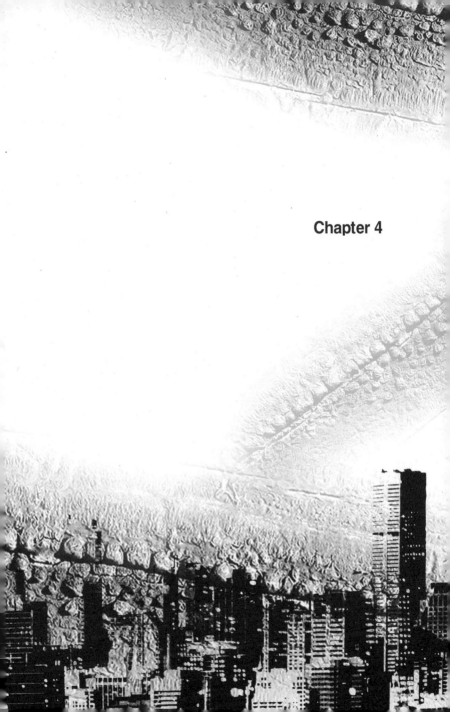

Chapter 4

마녀로 추측되는 송예인의 집은 비어 있었다.

분명 얼마 전까지 사람이 머문 흔적이 있었지만, 지금은 온기가 사라지고 차가운 냉기만 흐르고 있었다.

"우리가 온다는 것을 알고 있었던 것 같군."

풍운은 송 관장의 집을 둘러보며 말했다. 가전제품과 가구들을 새로 장만한 듯 모두 새것이었다.

"이곳에서 기다리면 다시 올 수도 있지 않을까요?"

집 안으로 함께 들어온 광풍이 물었다.

"마연마저 당한 상대야. 나 외엔 척살단에서 마녀를 상대

할 인물은 없다. 준비 없이 움직였다가는 오히려 마녀에게
당할 수 있어."

광풍의 말에 풍운은 고개를 저으며 말했다.

"제가 이곳에 있겠습니다."

"후후! 마연을 쓰러뜨린 상대를 꺾을 수 있다는 말인가?"

"아닙니다. 단주님이 오실 때까지 버티고 있겠습니다."

사실 광풍의 마음에는 마녀를 상대하고 싶은 욕망이 꿈
틀거렸다.

마연과 비슷한 실력을 지닌 광풍은 마연이 방심을 한 것
으로 생각되었다.

마연의 성격을 잘 알고 있는 그였기에 분명 마연이 처음
부터 최선을 다하지 않았을 것이라 여긴 것이다.

"위험한 도박이야. 척살단의 핵심 인물들이 알 수 없는
인물에게 당하거나 실종되었어. 큰일을 앞둔 상황에서 더
는 우리의 세력이 축소되면 안 돼."

홍무영 장로는 조만간 대통령 선거의 실패를 빌미로 천
산을 대종사의 자리에서 물러나게 할 계획을 하고 있었다.

그때 중추적인 역할을 해야 하는 것이 척살단이었다.

"그럼, 어떻게 해야 합니까?"

"인내를 갖고 기다려야 한……."

그때였다.

"이것 좀 보세요!"

풍운이 말을 끝내기도 전에 화린의 크게 소리치며 2층에서 내려왔다.

화린의 손에는 사진 한 장이 들려 있었다.

"마녀와 강태수가 함께 찍은 사진입니다."

화린이 풍운에게 건넨 사진 속에는 송가인과 송예인, 그리고 강태수가 함께 웃고 있는 모습이 담겨 있었다.

"확실히 두 사람이 알고 있는 사이군. 함께 있는 또 다른 여자는 누구지?"

풍운이 송가인을 가리키며 물었다.

"처음 보는 여자입니다."

"음, 강태수의 집이 이곳에서 얼마 떨어지지 않았다고 했지?"

"예, 차로 5~6분 정도 되는 거리였습니다."

화린은 이전에 강태수의 집에서부터 그의 승용차를 쫓아 송 관장의 집에 왔었다.

"이 사진을 보면 마녀와 강태수가 보통 사이가 아닌 것 같은데, 혹시 마녀가 강태수의 집에 머무는 것이 아닐까?"

풍운은 화린의 말과 여러 정황을 추측하여 말했다.

"그럴 수도 있겠습니다. 마녀가 강태수와 함께 있다면 둘 다 처리할 수 있겠네요."

대답하는 화린의 입가에는 들뜬 미소가 서렸다. 복수를 해야겠다는 마음이 화린의 몸을 일으키는 원동력이 되었다.

그런데 지금 그토록 바라던 복수의 기회가 찾아온 것 같았다.

한편으로 이번 대선에서 김대중 당선인을 후원했던 강태수 또한 흑천에서 처리할 대상으로 정해져 있었다.

"쉽게 볼 일이 아니다. 마녀도 그렇지만 강태수는 적잖은 경호원이 붙어 있어. 먼저 마녀가 강태수의 집에 머물고 있는지부터 확인해야 한다."

"바로 가보시지요."

화린은 재촉하듯이 말했다.

"오늘은 여기까지만 하지. 만약을 위해 인원을 더 보강하고 움직이는 것이 좋을 것이다."

풍운의 말에 화린은 아쉬웠지만 그렇다고 달라지는 것은 없었다.

마녀가 강태수의 집에 있다면 그 집에 살고 있는 사람들 모두가 생명을 잃어버릴 것이기 때문이다.

한동안 사람을 죽이지 못한 것 때문인지 살인 충동이 몹시 일었다.

송 관장의 집을 나선 세 사람은 차에 올라 자리를 떠났다.

그들이 떠나자마자 맞은편 집에서 두 명의 인물이 나와 송 관장의 집으로 향했다.

두 사람 모두 국내 정보팀 소속이었다.

풍운을 비롯한 척살단의 인물들은 송 관장의 집에 나타나는 순간부터 정보팀에 의해 감시를 받고 있었다.

송 관장의 집에 들어간 정보팀 인물의 손에는 책장에 숨겨두었던 작은 카메라가 들려 있었다.

카메라 안에는 세 사람의 모습과 대화가 고스란히 찍혀 있었다. 더구나 송 관장의 집에는 도청 장치까지 설치되어 있었다.

*   *   *

"세 명의 인물이 송 고문님의 집에 침입했습니다. 그중 여자로 보이는 인물은 일전에 회장님의 집을 살피던 인물이었습니다. 두 명의 인물은 새로운 인물들로……."

국내 정보팀 김광수 차장의 보고였다.

가인이와 예인이가 집으로 들어오면 감시 차원에서 송 관장의 집 근처에 정보팀이 대기하고 있었다.

아니나 다를까 흑천의 인물들이 송 관장의 집을 찾은 것이다.

"카메라에 담긴 소리가 작아 도청을 통해서 녹음된 대화를 들려 드리겠습니다."

김광수 차장이 녹음기의 스위치를 누르자 세 명의 말소리가 똑똑히 들려왔다.

세 사람은 나와 예인이를 노리고 있었다.

더구나 무슨 일인지는 알지 못했지만 예인이를 마녀라 부르고 있었다.

"놈들이 다시금 움직이겠군요."

김만철 경호실장의 말이었다.

"저들도 이번 대선에서 제가 한 일들에 대해 알게 된 것 같습니다."

나의 도움이 없었다면 제15대 대통령은 김대중 당선인이 아닌 민주한국당의 한종태가 되었을 것이다.

흑천도 미르재단에 연관된 정부 관계자들을 통해서 내가 한 일을 알 수 있었을 것이다.

"회장님 때문에 미르재단이 계획했던 일들이 오히려 자충수가 되어버렸으니까요. 아마도 흑천이 회장님에게 이를 갈고 있을 것입니다."

김만철 비서실장의 말처럼 난 척살단의 제거 대상에 올랐다.

녹음된 대화에서도 그러한 내용이 흘러나왔다.

"가족들 모두가 러시아로 출국했으니까 놈들의 움직임을 지켜보지요. 저들의 위치는 파악했습니까?"

흑천의 본거지를 습격하기에 앞서 안전을 위해 김만철의 부인과 딸을 비롯한 가족들 모두를 러시아로 보냈다.

"예, 영등포의 한 사무실에 머물고 있습니다."

코사크와 함께 국내 정보팀이 일거수일투족을 감시하고 있었다.

"놈들을 유인해서 처리할까요? 아니면 사무실을 습격할까요?"

김만철이 날 보며 물었다.

위치가 파악된 상황이라 속전속결로 처리하고 싶어 했다.

"총기를 사용하기 힘든 도심지에서는 작전을 벌이기가 쉽지 않습니다. 지금 화면에 나온 사내는 보통의 인물처럼 보이지 않습니다. 이전처럼 덫을 놓고 기다리는 것이 좋을 것 같습니다."

난 화면에 나온 풍운을 손으로 가리키며 말했다.

영상 속 두 명의 인물이 그를 향해 깍듯하게 대하는 것을 보면 흑천에서도 영향력이 있는 인물로 보였다.

"알겠습니다. 그럼 부산에 있는 코사크 타격대를 불러들이겠습니다."

"그렇게 하십시오."

김만철의 말에 대답할 때 반가운 인물이 회의실로 들어왔다.

"안녕하셨습니까? 회장님."

나를 향해 반듯하게 인사하는 인물은 다름 아닌 상하이에서 날아온 박용서 대리였다.

"하하하! 어서 와요. 그렇지 않아도 기다리고 있었습니다."

백야의 인물인 박용서의 합류는 천군만마와 같았다.

송 관장과 티토브 정, 그리고 박용서가 선두에 서서 태백산 내 흑천의 감시자들을 제거할 계획이었다.

*　　　*　　　*

영등포 청과물시장 내에 자리 잡고 있는 3층짜리 낡은 건물에는 네 명의 인물이 모여 있었다.

"강태수가 사는 집은 동네의 맨 끝자락에 자리 잡고 있다. 그 뒤편으로는 북한산과 연결되어……."

광풍은 동사무소에 걸려 있는 지도와 같은 지도를 책상에 펼치며 말했다.

"일이 잘못되어도 북한산 쪽으로 향하면 되겠군요."

광풍의 말에 스포츠머리를 한 사내가 말했다. 그의 왼쪽 눈 옆으로 깊은 상처가 나 있었다.

"일을 쉽게 생각해서는 안 된다. 강태수를 노렸던 이전의 팀도 우리와 같은 생각을 했을 것이다."

뒤쪽에서 말을 듣고 있던 척살단의 단주인 풍운이 말했다.

흑천은 실종된 척살단의 인물들을 찾기 위해 모든 방법을 동원했지만 끝내 그들을 행방을 찾지 못했다.

사라진 네 명의 인물들이 러시아의 시베리아에서 혹독한 추위와 싸우고 있다는 것을 흑천은 모르고 있었다.

"단주님께서 함께하시는데 그때와는 다르지 않습니까?"

새롭게 합류한 백원우가 말했다. 그는 영화배우처럼 잘 생긴 외모를 가지고 있었다.

"마연도 당했다는 것을 잊지 마라. 사실 우리만으로 움직인다는 것이 꺼림칙하기도 하다."

어느 순간부터인지 풍운은 왠지 모를 불안감에 사로잡혀 있었다.

"단주님을 제외하더라도 여기 있는 우리만으로도 백야의 인물 서너 명을 단숨에 처리할 수 있습니다."

화린이 몸 상태가 아직 예전 같지 않다고 해도 새롭게 합류한 백원우와 박경석은 척살단에서 손꼽히는 실력자였다.

이들 또한 백야의 인물을 처리한 경험이 있었다.

완벽하게 회복하지 못한 화린은 사무실에 얼마 떨어지지 않은 숙소에서 몸을 추스르고 있었다.

"틀린 말은 아니지. 마연의 일로 인해 내가 너무 과민한 것 같다. 잠시 바람 좀 쐬고 올 테니, 광풍이 나머지를 처리해라."

풍운은 말을 마친 후에 사무실을 나갔다.

"예, 다녀오십시오."

광풍은 풍운에게 인사를 건네며 말했다.

풍운이 사무실에서 나가자 광풍은 강태수를 습격하기 위한 세부적인 작전을 세우기 시작했다.

똑똑!

풍운이 사무실을 나가고 15분 정도 되었을 때 사무실의 문을 두드리는 소리가 들려왔다.

"누구지?"

"화린인가?"

백원우와 박경석은 서로를 쳐다보며 말했다.

똑똑똑!

다시금 문을 두드리는 소리가 들려왔다.

"나가봐라."

강태수가 사는 동네의 항공 사진을 보며 광풍이 말하자 백원우가 일어나 문으로 향했다.

"누구십니까?"

나무로 된 문 앞에 선 백원우가 물었지만 아무런 대답이 없었다.

똑똑!

그리고 다시 문을 두드리는 소리가 들렸다.

"누가 장난하는 거야!"

신경질적으로 반응한 백원우가 문을 열며 크게 소리쳤다. 자정이 넘어가는 시간에 장난하는 놈을 가만두지 않을 생각이었다.

하지만 문 앞에는 예상과 달리 쉽게 볼 수 없는 미녀가 서 있었다.

"누구시죠?"

아름다운 미인의 모습 때문인지 백원우의 목소리가 차분하게 바뀌었다.

"마녀."

백원우의 말에 미소를 띠며 답하는 미인은 다름 아닌 송예인이었다.

대답이 끝나자마자 그녀의 맑고 아름다운 눈동자가 순식간에 붉어졌다.

"뭐? 마……."

아— 아악!

백원우는 말을 다 끝마치지 못한 채 고통스러운 비명을 질렀다.

그의 두 눈에 예인이의 손가락이 깊숙이 박혔기 때문이다.

*　　　*　　　*

1시간 뒤 사무실로 돌아온 풍운은 자신의 눈을 믿지 못했다.

사무실은 온통 피비린내가 진동했다.

사방 벽에는 붉은 페인트로 칠해놓은 듯이 핏자국들이 넘쳐났다.

더욱 놀라운 것은 자신을 반겨야 하는 척살단의 인물들 모두가 회의 탁자 주변 의자에 앉아 고개를 숙이고 있었다.

"광풍! 박경석!"

풍운에 말에 앉아 있는 인물들 모두가 대답이 없었다.

천천히 광풍에게 다가간 풍운은 아래로 숙인 광풍의 머리를 잡아 들어 올렸다.

"이럴 수가……."

풍운의 놀란 눈동자에는 두 눈이 뽑혀 있는 광풍의 모습이 들어 있었다.

광풍만이 아니었다.

박경석과 백원우 또한 양쪽에 있어야 할 눈동자가 사라져 버렸다.

척살단의 핵심 인물 세 명이 똑같은 모습으로 당한 것이다.

단주인 풍운조차 죽어 있는 세 인물이 협공한다면 승부를 장담할 수 없을 정도였다.

그런 세 인물이 너무도 비참하게 죽어버린 것이다.

*   *   *

샤워를 하는 예인이의 몸에서 붉은 피가 물에 씻겨 내려갔다.

"이러면 안 돼."

[뭐가 안 되는데. 사랑하는 사람을 이대로 잃고 싶었어?]

예인이의 말에 그녀의 머릿속에서 울림이 들려왔다.

"사람을 죽였잖아."

[깔깔깔! 나약한 년. 넌 이 몸의 주인으로서 자격이 없어. 네가 할 수 없는 일을 해주었으면 고마워해야지.]

"흑흑! 다신 나타나지 마!"

얼굴을 두 손으로 가린 예인이가 소리쳤다.

[기억이 나지 않나 보지. 네가 날 그리로 인도했잖아.]

"아니야! 난 그런 적이 없어."

[부정하지 마. 넌 이제 나 없이는 아무거도 못하는 존재니까.]

"흑흑! 아니야! 아니란 말이야……."

두 눈에서 쉴 새 없이 눈물을 흘리는 예인이가 바닥에 주저앉으며 울부짖었다.

자신의 몸 안에 존재하는 또 다른 자아에게…….

*   *   *

뜻밖의 보고에 난 놀라지 않을 수 없었다.

나와 예인이를 노렸던 흑천의 인물들이 누군가에 의해 피살된 것이다.

"누가 놈들을 처리한 것입니까?"

믿기지 않는 일이 벌어진 것이다.

영등포에 머물던 인물들은 흑천의 척살단으로 파악되었다. 야쿠츠크 감옥에 머무는 흑천의 인물들을 통해서 척살단에 대해서는 모두 파악하고 있었다.

"예, 자정이 넘은 새벽에 일어난 일이라, 저희도 일이 터지고 난 후에 알게 되었습니다. 건물 주변이 어둡고 감시하기가 어려운 구조라 건물로 들어가는 인물을 확인하지 못했습니다."

영등포 청과물 시장 내에 위치한 건물은 들어가는 입구가 두 곳이었고, 다른 건물에 가리어져 있어 드나드는 인물들을 확인하기 어려웠다.

더구나 국내 정보센터 인물들의 안전을 고려해서라도 접근해서 감시하기도 힘들었다.

"정말 놀라운 일입니다. 건물에 머물던 3명의 인물을 동시에 상대했다는 것인데, 보통의 실력으로는 어림없는 일입니다. 더구나 놈들은 백야의 인물들을 전문적으로 처리하기 위해 조직된 척살단의 인물들입니다."

척살단의 인물들을 겪어본 나로서는 정말 믿기 힘든 소리였다.

"그렇게 말입니다. 일전에 상대했던 척살단의 인물들도 실력이 대단했잖습니까."

김만철 경호실장의 말이었다.

나를 습격했던 척살단의 인물들이 보여준 실력은 경호원과 코사크 타격대가 맨손으로 도저히 상대할 수 없는 실력이었다.

송 관장과 티토브 정, 그리고 가인이와 예인이가 아니었
다면 막아설 수 없는 자들이다.

"저 또한 믿기지 않는 말입니다. 더구나 좁은 공간에서
실력이 뛰어난 인물들을 처리하긴 더욱 힘든 일입니다."

티토브 정은 흑천의 실력을 잘 아는 인물 중 하나였다.
더구나 척살단은 흑천의 인물 중에서도 더욱 차별화된 실
력자들이었다.

세 명의 척살단을 혼자서 처리했다면 우리가 알지 못하
는 백야의 인물일 가능성이 컸다.

"상황이 묘하게 흘러가는 것 같습니다. 우리의 피해 없이
척살단을 처리한 것은 나쁘지 않은 일인 것 같지만, 미지의
인물이 나타난 것이 마음에 걸립니다."

흑천의 척살단을 상대하기는 무척 어려운 부분이 있었
다.

총기를 사용할 수 없는 상황에서 척살단의 인물을 상대
할 수 있는 사람은 송 관장을 비롯한 몇 사람뿐이었다.

"좋은 쪽으로 받아들이는 것이 좋을 것 같습니다. 이 일
로 인해 놈들이 섣불리 움직이지 못할 것 같습니다. 토벌
작전을 계획대로 진행해도 될 것 같습니다."

김만철 경호실장은 이번 일을 심각하게 받아들이지 않았
다.

"이런 상황에 놈들이 움직이기는 쉽지 않겠죠. 토벌 작전은 변동 없이 진행하도록 하십시오."

"예, 알겠습니다."

티토브 정이 대답했다.

그는 이번 흑천에 대한 토벌 작전의 전권을 담당하고 있었다.

*　　　*　　　*

척살단의 단주인 풍운은 척살단의 인물들을 동원하여 광풍을 비롯한 두 명의 시체를 황급히 처리했다.

"혹시 강태수가 저지른 일은 아니더냐?"

풍운의 보고에 홍무영 장로가 물었다.

살해당한 세 명 모두 강태수 회장과 마녀를 노렸던 인물들이었다.

"그럴 리는 없습니다. 실력이 뛰어난 경호원들을 데리고 있다 해도 광풍을 비롯한 세 명의 인물을 맨손으로 죽일 수는 없습니다."

"어허! 이 일을 어떻게 해야 한단 말이더냐. 마치 백야와 전면전을 벌인 것처럼 큰 희생이 발생하다니."

짧은 탄식을 내뱉는 홍무영 장로의 얼굴에는 수심이 가

득했다.

척살단의 부단주인 마연을 비롯하여 핵심 인물 세 명이 또다시 희생됐다.

척살단이 만들어진 이후 최대의 피해가 발생한 것이다.

"이번 일로 저희가 계획했던 일을 조금 늦추어야겠습니다. 마연과 광풍이 희생이 너무 크게 느껴집니다."

"음, 이대로는 힘들겠지. 마녀라 불린 인물의 정체는 알아냈다고?"

"예, 이름은 송예인으로 여기 사진 속 왼편에 서 있는 여자입니다."

풍운은 송 관장의 집에서 가져온 사진을 내보이며 말했다.

"마녀라… 혹시, 이번 일에 이 여자가 관련된 것은 아니겠지."

홍무영은 손에 든 사진을 유심히 살피며 말했다.

"마녀라 할지라도 저희와 단 한 번도 마주친 적이 없습니다. 더구나 영등포의 사무실을 알지도 못합니다."

"음, 그건 그렇지. 하지만 백야의 인물이 벌인 짓이라고는 믿기 힘든 일이야."

범인은 세 명의 척살단 인물의 두 눈을 모두 뽑아갔다. 사무실에서는 눈알이 발견되지 않았다.

풍운은 이번 일을 백야의 인물이 저지른 짓으로 보고했다.

"별종은 늘 존재합니다. 저희에게 복수하려는 인물일 수도 있습니다."

"이번 일은 우리 손에서 처리할 일이 아니다. 대종사에게 보고해서 방안을 마련하도록 해야겠다. 우리의 힘이 너무 축소되었어."

척살단에 새로운 인재들을 받아들이려면 대종사인 천산의 허락이 있어야만 했다.

＊　　　＊　　　＊

자신의 방에서 마당을 바라보는 예인이의 눈은 슬픔이 가득했다.

예인이는 우연히 아버지인 송 관장과 강태수가 심각한 이야기를 나누는 것을 들었다.

또다시 흑천의 인물들이 강태수를 노린다는 말이었다.

그 이야기를 듣는 순간 주체할 수 없는 분노가 자신도 모르게 치밀어 올랐다.

두 사람이 이야기를 끝낸 서재에 들어간 예인이는 국내 정보팀이 강태수에게 보고한 서류를 보았다.

서류에는 강태수를 노리는 흑천의 척살단이 머무는 건물의 주소가 적혀 있었다.

예인이는 생각할 겨를도 없이 집을 나섰고, 정신이 들었을 때는 척살단이 머무는 사무실 앞에 있었다.

"그냥, 떠나야 했어. 그랬으면 이런 일이 일어나지 않았을 거야."

[깔깔깔! 그럼, 태수 오빠는 죽었겠지.]

예인이의 독백이 끝나기가 무섭게 머릿속에서 그녀의 말을 비웃는 듯한 목소리가 들려왔다.

"아니, 오빠는 강한 사람이야."

[운이 좋았을 뿐이지, 몇 번이고 죽을 뻔했잖아. 너도 사랑하는 사람을 지키고 싶잖아. 내가 한 일은 사랑을 위해서 한 일이야.]

"아니야. 넌 피를 원하고 있어. 네가 죽인 인물들과 다를 바 없어."

[깔깔깔! 사람마다 즐기는 유희가 다를 뿐이야. 그리고 넌 그런 말을 할 자격이 없어. 너의 나약함과 우유부단을 내가 책임지고 있다는 걸 명심해. 넌 나 없이는 아무것도 못 해.]

"할 수 있어. 다시는 널 불러내지 않을 거야."

[과연 그럴까? 너도 들었잖아. 흑천의 본거지를 공격한다

는 것을 말이야. 분명 태수 오빠도 태백산으로 향하겠지. 그놈들이 말했잖아, 그곳에는 오빠가 감당할 수 없는 괴물들이 있다고.]

마녀는 영등포에서 척살단의 두 눈을 뽑아버리는 고문을 했다.

그때 척살단의 인물들은 마녀를 향해 저주 섞인 말로 소리쳤다. 흑천에서 누구도 감당할 수 없는 괴물을 풀어놓을 거라고.

'많은 사람들이 오빠를 지켜줄 거야.'

"오빠는 충분히 대비를 하고 있어. 많은 사람들이 오빠와 함께하니까."

[마음대로 해. 태백산에는 태수 오빠만 가는 것이 아니야. 아빠도 가잖아. 하나밖에 없는 아빠를 잃으면 네 마음이 어떻게 될까?]

머릿속에서 들려오는 음성에 예인이의 마음이 흔들렸다.

흑천의 본거지를 급습하는 공격에는 송 관장도 참여한다. 더구나 송 관장은 가장 위험할 수 있는 일을 맡았다.

"아빠는 누구보다 강한 분이야. 네 말처럼 호락호락하게 당하지 않아."

[깔깔깔! 과연 그럴까? 내가 가면 누구도 다치지 않아. 너도 내가 얼마나 강한지 잘 모르고 있어. 더구나 난 네가 걱

정하는 것처럼 몸을 온전히 차지할 생각이 없어. 지금 이대로 너와 공존하고 싶을 뿐이야.]

"난… 난, 살인이 싫어. 흑흑흑!"

두 손으로 얼굴을 감싼 예인이는 바닥에 주저앉아 흐느꼈다.

*   *   *

코사크 타격대와 전투부대가 김포공항과 부산항을 통해서 하나둘 모여들었다.

입국 목적은 모두 관광과 스포츠 친선 경기를 핑계 삼았다.

이들이 사용할 무기는 닉스코어에 속한 화물선을 통해서 무사히 들여왔다.

사전에 조치가 취해져 화물선에 대한 세관의 검색은 없었다.

토벌 작전이 시작되기 전 한국의 산악 지대를 경험하기 위해 이들은 지리산을 종주했다.

낯선 외국인들이 지리산에 대거 나타나자 겨울 산행을 즐기던 등산객들은 신기한 눈으로 쳐다보았다.

"코사크 대원들은 현지 적응 훈련에 들어갔습니다."

작전을 총괄하는 티토브 정의 보고였다.

"헬리콥터는 어떻게 되었습니까?"

입체적인 작전을 위해서는 수송헬기와 공격용 헬기가 필요했다.

"오늘 모두 부산항에 들어올 예정입니다. 블라디보스토크에서 출발하기 전 정비를 맞췄기 때문에 특별히 문제 될 것은 없습니다."

"준비에 차질이 없어야 합니다. 최소한의 희생으로 흑천을 처리해야만 하니까요."

"예, 이번 작전을 위해서 코사크 전체가 매달리고 있습니다. 국내 정보팀도 파악된 흑천의 인물들을 감시하며 문젯거리를 사전에 차단하고 있습니다."

티토브 정의 말처럼 코사크 타격대 14개 팀 중 열 개 팀이 한국에 들어왔다.

코사크 타격대의 인원만 280명에 달했다.

콩고민주공화국의 내전에 개입되었을 때에도 타격대는 7개 팀만이 동원되었다.

코사크 타격대는 미국과 러시아를 비롯한 전 세계 어떤 나라의 특수부대와 비교해도 전혀 뒤지지 않는 전술과 작전 수행 능력을 갖추었다.

전투력에서는 코사크 타격대를 맞설 부대를 찾기 힘들었다.

"경제적인 위기에서 한국이 새롭게 출발하기 위해서는 이 시대를 좀먹는 세력과 나라를 망가뜨리는 인물들이 사라져야만 합니다."

"맞는 말씀입니다. 흑천이 사라지면 이들과 연계된 세력도 힘을 쓰지 못할 것입니다."

내 말에 김동진 비서실장이 답했다.

"해방 전후부터 흑천이 이 나라를 어두운 길로 인도한 것이 불행이었습니다. 이젠 그에 대한 심판을 받을 것입니다."

내가 과거로 돌아온 것은 어쩌면 흑천과 그들에게 협조한 친일 세력과 적폐 세력을 정리하기 위해서가 아닐까 하는 생각이 들었다.

"걱정하지 마십시오. 이번에 완전히 싹 쓸어버리겠습니다."

김만철은 자신감이 넘쳐 있었다.

그도 그럴 것이 지금껏 코사크가 진행했던 작전 중 실패한 작전은 단 하나도 없었다.

풍부한 전투 경험과 첨단 무기로 무장한 코사크 타격대와 전투부대를 흑천은 결코 감당할 수 없을 것이라 여겼다.

*   *   *

흑천을 이끄는 대종사 천산은 민주한국당의 한종태가 대통령 후보에서 물러난 이후부터 하늘의 기운을 읽기 위해 노력해 왔다.

백일기도를 통해 천문을 살폈지만, 아무것도 읽어낼 수가 없었다.

"으음, 괴이한 일이야. 지금껏 이런 적이 없었는데……."

신음성을 내뱉는 천산의 표정이 심각했다.

그는 주역을 비롯하여 천문과 지리를 통달했고, 인간의 심리도 정확하게 꿰뚫는 능력이 있었다.

"아! 무엇이 하늘의 천기를 흩뜨려 놓은 건가?"

마치 중간이 사라지고 첫 장과 마지막 장만 있는 책을 읽는 것처럼 무슨 내용인지 전혀 알 수가 없었다.

알려고 애를 쓰면 쓸수록 하늘은 문을 더욱 닫아버리는 느낌이었다.

그때 밖에서 인기척이 들렸다.

"천결입니다."

흑천의 호법 백천결이었다.

대통령 후보였던 한종태의 보호를 위해 서울에 머물렀지만, 한종태가 영국으로 정치 유학을 떠나자 태백산으로 들어와 있었다.

"들어오너라."

천산의 말에 문이 열리고 백천결이 방 안으로 들어섰다.

대종사인 천산은 생각의 폭이 남다른 백천결을 차기 대종사로 생각하고 있었다.

백천결은 무위자연(無爲自然)하듯이 늘 한결같은 모습을 보여주는 인물이었다.

다른 흑천인과 달리 살생을 좋아하지 않았고 자신보다 약한 자들을 절대로 건드리지 않았다. 어찌 보면 백야의 인물처럼 세상이 추구하는 이생의 자랑과 육체적인 정욕에서 벗어나길 원하는 인물이다.

"무슨 일이 있으십니까? 안색이 좋아 보이시지 않습니다."

"허허! 네 눈에도 그렇게 보이더냐?"

"예, 근심이 엿보였습니다."

"하늘이 길을 보여주지 않는구나. 무슨 일이 있느냐?"

"예, 서울에 있던 척살단의 인물들이 변고를 당한 것 같습니다."

"음, 욕심이 화를 불러온다는 것을 아직도 깨닫지 못했구나. 누가 당한 것이야?"

천산은 홍무영 장로의 움직임을 파악하고 있었다. 그가 가진 욕심과 권력에 대한 과도한 집착까지.

"광풍과 박경석, 그리고 백원우입니다. 마연 부단주는 여전히 연락이 되지 않고 있습니다."

"어허! 참으로 아까운 인재들을 잃었구나. 이 일을 저지른 흉수는 누구더냐?"

천산은 안타까운 탄성을 내지르며 말했다.

"백야의 숨은 고수라 보고 있지만, 일전에 말씀드린 마녀의 행동이 아닐까 합니다. 살해당한 인물들 모두가 두 눈이 뽑혔다고 합니다."

"음, 마녀라… 진정 그렇게 생각하느냐?"

"백야의 인물이 보인 행동이라 보기에는 잔혹함이 도가 지나칩니다."

"마녀라 함은 타고나기를 파괴와 살육을 즐기는 운명이니라. 그 흉포한 기운이 너무 강하여 환비록에 기록된 것처럼 마녀가 세상에 등장할 때는 하늘에 불의한 기운의 적성(赤星)이 떠올랐느니라. 적성이 보이지 않는 상황에서 흉수를 마녀로 단정하기에는 아직 이른 감이 있구나."

"하오면 마녀가 아니라는 말씀이십니까?"

"적성이 떠오르지 않을 때는 다른 방법으로 마녀의 출현을 살폈느니라."

"그게 무엇입니까?"

"광폭함을 드러내는 적안(赤眼)이니라."

"붉은 눈을 갖고 있단 말씀이십니까?"

"그렇다고는 하지만 직접 본 적이 없어 무어라 단정을 짓기가 어렵구나. 이번 일이 진정 마녀의 짓이라면 네가 나설 수밖에. 난 하늘의 천기를 읽기 위해 기력을 너무 소모했느니라. 척살단의 세력이 축소된 상황에서 홍 장로의 움직임은 없을 것이니, 네가 이번 일의 흉수를 찾는 일에 매진하거라."

"예, 명을 받들겠습니다."

흑천의 호법인 백천결은 천산의 말에 고개를 숙이며 말했다.

흑천의 장로들도 한 수 접고 들어가는 백천결이 움직이기 시작한 것이다.

*   *   *

올해는 많은 것들이 변화하는 해가 될 것이다.

내일모레로 다가온 제15대 대통령 취임에 맞추어 이 땅에서 수천 년을 뿌리 내려온 흑천이 사라진다.

러시아에서 들어온 코사크 타격대와 전투 부대는 모든 준비를 마치고 명령을 기다리고 있었다.

대통령 취임식에 초대를 받았지만, 토벌 작전에 참여하

기 위해 취임식에는 참석할 수 없었다.

"혹천이 사라지면 미르재단과 연관된 인물들 또한 죗값을 치르게 되겠지."

이미 미르재단에 속했던 대용그룹과 보영그룹, 그리고 대명그룹이 외환 위기로 인해 부도가 났다.

정태술 회장이 이끄는 한라그룹은 어렵게 해를 넘겼지만, 하루하루가 살얼음판이었다.

돈이 될 만한 회사들을 모두 팔아넘긴 이후 재계 순위 10위 안에 들었던 한라그룹은 30위권 밖으로 밀려났지만, 위기는 계속되고 있었다.

대산그룹 또한 지속적인 구조조정을 진행하고 있었지만, 대규모 투자가 이루어진 중국의 매출 부진과 해외자원개발 사업에서 큰 손실로 인해 현금이 바닥난 상태였다.

대산그룹도 부동산과 알짜배기 회사들을 매각하고 있었다.

Chapter 5

"뭘 생각하고 있어?"

열린 문으로 가인이가 향긋한 도화차를 들고 서재로 들어왔다.

"내일모레 있을 일 때문에……."

가인이는 흑천의 토벌 작전에 대해 알고 있었다.

"직접 가려고?"

"그래야지. 위험을 직원들에게만 전가할 수 없잖아. 송 관장님도 가시는데."

"아빠하고 오빠하고는 다르잖아. 아빠는 자신을 지킬 힘이 있고, 오빠는 아직 많이 부족하잖아."

"하하! 송 관장님이 들으시면 섭섭하시겠다. 나도 그동안 쉬지 않고 수련해 왔어."

가인이는 아버지인 송 관장보다 나를 더 생각하는 말투였다.

"수련만 해서는 넘을 수 없는 벽이 있어. 아빠는 그 벽을 북한에서 만난 기연을 통해 넘으셨고. 오빠는 아직 병아리보다 조금 나은 정도지."

송 관장은 북한의 개마고원에서 벌인 대호와 늑대들과의 생사를 다투는 싸움을 통해서 큰 깨달음을 얻었다.

"날 너무 모르나 본데. 이전의 내가 아니다. 나도 송 관장님 못지않은 경험을 했다고."

나 또한 삶과 죽음의 갈림길을 여러 번 겪었다.

"정말 그럴까? 내 눈에는 아직 멀어 보이는데."

가인이는 책상에 내려놓은 도화차를 내게 건네며 말했다.

"직접 보여줘야 알겠어?"

"보여줘 봐. 그동안 회사 일이 바쁘다는 핑계로 대련해 본 지도 오래됐잖아."

"좋아! 병아리가 어떻게 싸움닭으로 바뀌었는지 보여줄게."

난 가인이가 건넨 향기로운 도화차를 단숨에 마시며 말했다.

가인이와 나는 지하에 마련된 체력 단련실로 내려갔다.

운동 기구들이 즐비한 옆쪽으로 대련할 수 있는 공간이 마련되어 있었다.

바닥에 푹신한 매트가 깔려 있어 넘어져도 다칠 염려가 없었다.

"조심해야 할 거야."

"말로만 하지 말고 직접 눈으로 보여줘 봐."

가인이는 내 말에 들어오라는 손짓을 했다.

'역시, 빈틈이 보이질 않아.'

막상 큰 소리를 쳤지만, 마주 보고 있는 가인이의 자세에서는 틈이 보이질 않았다.

별다른 동작 없이 나를 바라보기만 하는데도 공격할 곳을 찾을 수가 없었다.

'음, 전보다 더 달라진 것 같은데…….'

가인이의 몸에서 풍겨 나오는 기운을 전혀 느낄 수 없었다. 오히려 그러한 모습이 공격을 주춤하게 만들었다.

"뭐 해? 안 오면 내가 간다."

가인이는 내가 공격을 하지 않고 머뭇거리자 자신이 먼

저 움직였다.

'뭐냐?'

움직였다고 생각하는 순간 가인이의 발이 얼굴로 향했다.

붕!

놀랄 사이도 없이 몸을 뒤로 처지며 가인이의 공격을 간신히 피했다.

가인이의 공격은 바람을 가르는 듯한 소리가 들릴 정도로 매서웠다.

하지만 공격은 거기서 끝나지 않았다.

몸을 일으키려는 순간 위에서 다시 수직으로 가인이의 발이 내리꽂고 있었다.

'헉! 어떻게 이런 동작이……'

팍!

피할 수 없는 상황이라 그대로 쓰러지며 몸을 옆으로 굴렸다.

1초만 늦었어도 가인이의 공격이 적중했을 것이다.

문제는 공격이 거기서 끝나지 않았다는 것이다.

몸을 옆으로 굴려서 일어나려는 순간 뒤쪽으로 몸을 활처럼 휜 가인이의 발이 내 머리로 향했다.

픽!

두 손을 들어 간신히 막았지만, 손목이 찌릿했다.

"어쭈! 실력이 쬐금 늘었는데."

세 번의 연속된 공격을 내가 막아내자 가인이가 의외라는 듯이 말했다.

하지만 여기가 매트가 깔린 수련장이 아닌 산속이었다면 난 가인이의 공격을 막아내지 못했을 것이다.

"휴— 우! 뼈 없는 문어도 아니고 어떻게 그런 발차기가 나와."

"후후! 이 정도는 약과지. 자, 이제 본격적으로 간다."

'뭐냐? 이전 공격은 날 봐준 거였어.'

가인이의 말에 놀라 두 눈을 부릅뜨는 순간 그녀의 모습이 사라졌다.

가인이를 찾기 위해 눈동자는 위를 향했지만 정작 오른쪽에서 매서운 기운이 느껴졌다.

퍽!

우당탕!

다급하게 손을 들어 막았지만, 몸은 중심을 잃고 그대로 반대편으로 내동댕이쳐졌다.

* * *

"이게 대련이야? 이러다가 오빠를 잡겠어."

예인이는 시퍼렇게 변한 내 눈에 약을 발라주며 말했다.

"마지막에 힘을 뺐어. 태수 오빠가 너무 자신감에 넘쳐 있길래. 실력이 많이 는 줄 알았지."

가인이는 미안한 표정으로 힘없이 말했다.

'힘을 뺀 게 그 정도야.'

마지막 가인이의 공격은 지금껏 느껴보지 못한 힘이 실려 있었다.

가인이가 이 정도라면 예인이는 보나마나였다.

"괜찮아. 내가 좀 방심을 해서……."

"이 얼굴을 좀 봐. 잘생긴 얼굴이 다 망가졌잖아."

예인이는 내 이야기에 아랑곳하지 않고 가인이를 몰아붙였다.

"대련 중에 멍도 들 수 있는 거지. 태수 오빠도 괜찮다고 하잖아."

"그래, 예인아. 이 정도는 괜찮아."

"다른 사람은 멍이 들 수 있어도 태수 오빠는 절대 안 돼."

가인이와 내 말에도 예인이는 아랑곳하지 않고 나에 대한 강한 집착을 보였다.

이전에는 볼 수 없던 모습이었다.

"알았어. 이젠 태수 오빠하고 대련도 못 하겠네."

가인이는 예인이의 변화를 눈치챈 것처럼 한발 뒤로 물러났다.

"하하! 예인이는 정말 내가 다치는 게 싫은가 보다."

어색한 분위기에 일부러 크게 웃으며 말했다.

"싫어. 오빠를 다치게 하는 사람은 누구도 용서치 않을 거야."

말을 하는 예인이의 눈빛이 순간 붉게 변하는 모습을 보았다. 목소리 또한 평소 예인이의 목소리보다 날카로웠다.

'뭐지?'

변화가 너무 순간적이라 뒤쪽에 있던 가인이는 보지 못한 것 같았다.

"하하하! 걱정하지 마. 이 오빠는 다치지 않을 거야."

난 아무렇지 않은 듯 말했다.

예인이의 변화가 혹시 나 때문인가 하는 자책감이 들었다.

*　　　*　　　*

척살단의 대원들이 살해당한 영등포 사무실을 살피는 백천결의 인상이 찌푸려졌다.

시체를 처리하고 사무실도 깨끗하게 변해 있었지만, 아직 빠지지 않은 피비린내가 코를 자극했다.

흑천에 속한 인물치고는 살생을 싫어하는 백천결이었기에 역겨운 피 냄새를 무척이나 싫어했다.

"시체들은 의자에 앉은 채로 있었습니다."

시체를 처리했던 척살단의 박민승이 백천결에게 설명했다. 백천결은 사진상으로 시체들의 모습을 보았지만 직접 사무실을 방문했다.

"사무실에 부서진 집기들은 없었다고?"

"예, 의자들이 쓰러져 있었지만 싸움을 벌였던 것치고는 깨끗했습니다."

박민승의 말에 사무실을 좀 더 살펴본 백천결의 입에서 나온 말은 충격적이다.

"음, 다들 일격에 당했군."

죽임을 당한 세 인물은 척살단에서도 손꼽히는 실력자였다.

그런 인물들이 단 한 번의 공격을 막지 못해 쓰러진 것이다.

"얼마나 강한 인물이기에 단 한 번의 공격에 당할 수가 있습니까?"

백천결의 말에 놀란 박민승이 물었다.

"내가 처음 생각했던 것 이상으로 강한 인물이다. 이 정도의 실력자라면 풍운 단주도 쉽게 제압하기 힘들 것 같은데."

척살단의 인물 중 풍운의 실력을 직접 본 적이 있는 인물들은 손꼽혔다.

하나 그 누구도 풍운의 실력을 의심하는 인물은 없었다.

더구나 풍운은 지금껏 본인의 진짜 실력을 내보인 적이 없었다.

"그럼, 저희는 어떻게 해야 합니까?"

마연 부단주까지 실종된 상황에서 흉수를 쫓아 제압할 수 있는 인물은 척살단 내에는 없었다.

"이 일은 내가 해결할 테니, 척살단은 나서지 마라."

"예, 알겠습니다."

백천결의 말에 박민승은 고개를 숙이며 말했다.

대종사를 대행하는 백천결의 말은 곧 천산의 명령이었다.

*   *   *

닉스주유소가 서울을 비롯한 수도권 일대에서 일제히 영업을 개시했다.

주유소 업계는 닉스주유소가 얼마의 가격으로 휘발유와 경유, 그리고 등유를 판매할지 촉각을 곤두세우고 있었다.

러시아의 룩오일NY Inc에서 공급되는 값싼 원유가 닉스 정유 공장을 통해서 닉스주유소로 공급되기 때문이다.

국내 정유사들도 원유를 공급받기 위해 룩오일NY Inc와 접촉하고 있었지만 별다른 성과를 얻지 못했다.

닉스정유와 어떤 계약이 이루어졌는지 모르겠지만 룩오일NY Inc는 닉스정유에 독점 공급한다는 말을 되풀이했다.

현재 서울과 수도권 주유소에서 판매되는 휘발유 가격은 평균 1,137원이었고, 경유는 665원이었다.

"만땅으로 넣어줘요."

닉스주유소의 직원들은 이른 아침부터 몰려드는 차량 때문에 정신이 없었다.

닉스주유소의 휘발유 가격이 리터(l)당 1,037원이라는 소식이 전해졌기 때문이었다.

다른 주유소보다 100원이 저렴한 것이다. 정유사마다 기껏 많이 차이 나야 10~20원 사이였다.

100원이나 저렴하다는 것은 상당한 차이였다. 더구나 닉스정유의 휘발유는 품질이 뛰어났다.

고품질의 휘발유는 가격이 더 높았지만, 오히려 일반 휘발유보다도 저렴하게 책정된 것이다.

"가득 넣어줘요. 가격이 바뀌는 것은 아니죠?"

"예, 당분간은 바뀔 것 같지 않습니다."

주유소로 들어오는 차량마다 이 기회를 놓치지 않으려는 듯이 휘발유와 경유를 가득 채웠다.

경유와 등유 가격도 리터당 70원이 저렴했다.

더 가격을 낮출 수 있었지만, 국내 정유사들의 반발을 무마하기 위해 책정된 금액이었다.

"하하! 이러다가 점심을 먹기도 힘들 것 같습니다."

마포주유소를 책임지고 있는 이명수 소장의 말이었다. 닉스주유소는 모두 직영으로 운영되었다.

"저희가 예상했던 것보다 차들이 너무 많이 몰려드네요."

본사에서 파견되어 현장을 파악하고 있는 이종진 대리가 답했다.

IMF 관리 체제 아래에서 씀씀이를 아껴야 하는 서민들에게 리터당 100원이나 싼 주유소의 등장은 사람들의 이목을 단숨에 끌 수밖에 없었다.

주유소로 들어오려는 차량들 때문에 교통이 정체되는 모습까지 보이자 교통경찰들이 나와 현장을 정리하고 있었다.

이러한 모습은 서울과 수도권 전역에서 벌어졌다.

자정이 다 되어가는 시간이 지나도 주유를 하려는 차들은 줄지 않았다.

"내일은 강원도와 제주도를 제외한 전 지역에서 주유소가 오픈합니다."

닉스에너지 김정민 대표의 말이었다. 닉스주유소는 닉스에너지에서 관리한다.

"반응이 예상보다 뜨겁던데요?"

"예, 밤새 줄이 줄어들지 않을 정도로 차량들이 몰려들었습니다. 다른 지역에서는 왜 빨리 열지 않느냐는 항의 전화도 많이 받고 있습니다."

저렴한 가격에 품질 좋은 휘발유를 넣고 싶은 사람들이 그만큼 많다는 증거였다.

전국 주유소에서 판매되는 휘발유 가격은 제각각으로 대구가 가장 저렴했고, 제주도가 가장 비쌌다.

두 지역의 휘발유 차이는 대략 150원 정도 차이가 났다.

닉스주유소에서 판매되는 휘발유는 일괄적으로 다른 회사의 주유소보다 백 원이 저렴하게 책정되었다.

"다른 정유사들의 움직임은 어떻습니까?"

"당황하는 기색이 역력합니다. 시장을 교란하는 행위라

며 가격을 높이기를 원하고 있습니다."

"후후! 원래 9백 원에 공급할 계획이었다는 알면 기절하겠네요. 물가를 잡고 싶어 하는 정부의 정책에도 협력하는 일이니, 가격은 동일하게 가져가십시오."

환율 상승에 따른 원유 도입 가격과 석유 제품들의 가격 상승으로 물가가 가파르게 올라가고 있었다.

"예, 말씀대로 진행하겠습니다."

닉스주유소의 판매가 늘어날수록 닉스정유의 매출도 함께 늘어난다.

저렴한 가격에 고품질 휘발유를 제공하는 닉스주유소의 등장으로 인해 기존 시장의 판도가 강력한 지진이 일어난 것처럼 흔들리고 있었다.

Chapter 6

　헌정사상 첫 여야의 정권 교체로 탄생한 제15대 김대중 대통령이 이끄는 국민의 정부가 공식적으로 출범했다.

　여의도 국회의사당 앞 광장에서 치러진 대통령 취임식에는 김영삼 전임 대통령과 최규화, 전두환, 노태우 전 대통령을 비롯한 폰 바이츠체커 독일 전 대통령, 코라손 아키노 필리핀 전 대통령, 마이클 잭슨 등 외국 경축 사절과 각계각층 인사 사만 삼천여 명이 참석했다.

　새로운 대통령의 탄생을 축하하는 듯이 날씨 또한 화창했다.

취임 자리에서 김대중 대통령은 물가 안정, 철저한 경쟁 원리 준수, 대기업과 중소기업의 균형 발전, 기술 입국 정책 추진, 그리고 벤처기업의 적극 육성 등 국난 극복과 재도약을 위해서 다섯 가지 항목에 대해 집중적으로 이야기했다.

김대중 대통령이 강조한 이야기 중 상당 부분은 내가 대통령에게 건의한 것들이었다.

대통령의 취임식이 진행되는 동안 나는 코사크와 국내 정보팀과 함께 태백산 인근 고선리에 있었다.

"흑천은 태백산에서 이어지는 두리봉과 청옥산 아래쪽에 자리를 잡고 있습니다. 토벌 작전은 고선계곡 위쪽으로 진입하는 안나 팀과 청옥산 아래로 접근하는 율카 팀, 그리고 애당2리에 쪽에서 올라가는 제냐 팀은⋯⋯."

현장에서 작전을 설명하는 인물은 코사크 타격대를 이끄는 일린이었다.

부대가 사용하는 음성 기호는 모두 러시아식이었다.

흑천의 토벌 작전을 위해서 태백산을 비롯한 주변 일대에 등산객의 입산이 일주일간 금지되었다.

1,200명의 병력들은 백 명씩 팀이 구성되어서 12개 팀으로 나누어졌고, 2개 팀은 지원팀으로 후방을 담당한다.

그중 한 개 팀은 후방 지원과 나에 대한 경호를 담당했다.

"인공위성으로 살펴본 이 지역은 헬기가 쉽게 접근하기 힘든 천혜의 요새와도 같습니다. 특히나 겨울철에 불어오는 강한 바람 때문에 헬기를 운영하기가 쉽지 않을 것 같습니다."

흑천의 본거지는 일반인이 접근하기 힘든 곳에 자리 잡고 있었다. 높은 봉우리들이 동서남북으로 가리고 있어서 하늘에서도 쉽게 발견할 수 없었다.

더구나 계곡 사이에서 불어오는 강한 바람이 생각보다 심해 헬기가 직접 본거지로 접근하기 힘들었다.

"진입할 수 있는 장소가 한 군데뿐이기 때문에 처음 길을 여는 것이 중요할 것입니다."

흑천의 본거지를 가보았던 김만철의 말이었다.

"그동안 열심히 준비해 왔던 대원들을 믿어야지요. 오늘 날씨도 우리를 도와주고 있습니다. 작전 시간은?"

"부대 전개가 끝나는 13시에 시작될 것입니다."

"그럼 나도 슬슬 출발해야겠네."

김만철이 자신의 손목시계를 보며 말했다.

산에는 이미 송 관장과 티토브 정이 코사크 타격대와 함께 감시자들을 처리하고 있었다.

이른 아침부터 등산객으로 위장한 송 관장과 티토브 정

은 일부러 미니 카세트에서 흘러나오는 음악을 크게 틀면서 산행했다.

일일이 넓은 산을 뒤지면서 감시자들을 처리할 수 없었다.

아니나 다를까 김만철 경호실장이 말했던 지역에 들어서자 날카로운 인상을 지닌 인물 2명이 송 관장과 티토브 정에게 다가왔다.

"이쪽으로 가시면 안 됩니다. 아래로 내려가십시오."

"예, 이 산에 주인이 따로 있습니까?"

사내의 말에 송 관장이 놀란 표정으로 물었다.

"개인이 소유하고 있는 산입니다. 아래쪽에서 입산 금지라는 푯말을 보지 못했습니까?"

"보지 못했는데요."

티토브 정이 대답하며 두 인물을 살폈다. 머리가 짧은 인물의 손에는 고성능 무전기가 들려 있었다.

"아래쪽 애들이 철수했나?"

눈가에 상처가 있는 인물이 뭔가 이상한 듯 짧은 머리에게 물었다.

흑천은 산 밑에서부터 감시자를 배치해 산을 아예 오르지 못하게 했다.

"아직 철수할 시간이 아닌데."

산을 오르는 입구 쪽에도 두 명의 감시자가 있었다. 그들은 이미 송 관장과 티토브 정에 의해 처리되었다.

"여기까지 힘들게 왔는데, 정상만 밟고 바로 내려오겠습니다."

송 관장과 티토브 정은 산을 중간 이상 올라온 상황이었다.

"이봐! 지금 우리가 장난하는 거로 보여?"

"빨리 내려가지 않으면 험한 꼴을 당할 거야."

두 사람은 송 관장의 말에 인상을 쓰며 위협적인 말을 내뱉었다.

─목표물 포착.

그때 티토브 정의 귀에 꽂힌 이어폰으로 무전이 들어왔다.

"하하! 알겠습니다. 아쉽지만 오늘은 날이 아니네요. 형님, 내려가시지요."

티토브 정은 웃으면서 송 관장의 팔을 잡아끌었다.

"미안합니다."

송 관장과 티토브 정은 감시자의 말에 따라 산에서 내려가려고 뒤돌아섰다.

"이봐!"

그때였다.

뒤에서 두 사람을 부르는 소리가 들렸다.

"예."

"시끄러운 음악 좀 꺼!"

"아, 그러죠."

송 관장이 카세트의 정지 버튼을 누르는 순간이었다.

픽! 픽!

"어!"

"헉!"

철퍼덕!

둔탁한 소음과 함께 두 사람의 짧은 비명과 함께 눈 위로
쓰러지는 소리가 들려왔다.

두 사람의 몸을 파고든 것은 마취총탄이었다.

고릴라도 단숨에 잠드는 마취총탄에, 두 사람은 1~2초
만에 의식을 잃고 쓰러진 것이다.

두 사람이 쓰러지자마자 뒤편에서 흰색 전투복을 입은
스무 명의 인물들이 모습을 드러냈다.

흑천의 본거지로 내려가는 길목까지 오는 도중 7명의 감
시자를 처리했다.

매서운 바람이 불어오는 추운 겨울이라서인지 감시자는
예상했던 것보다 적었다.

"이제부터 시작입니다."

혹천의 본거지로 들어가는 입구를 선 김만철의 말이었다.

"허! 이런 곳에 길이 있다는 것을 누가 알 수 있겠어?"

김만철이 손으로 가리킨 커다란 바위 뒤편으로 이어지는 작은 소로는 사실 길이 아니었다.

가파르게 이어진 바위들 사이로 난 길은 한 명씩 간신히 지날 수 있었다. 잘못 발을 헛디디면 골짜기 아래로 추락해 목숨을 잃을 수도 있는 길이었다.

대규모로 병력이 쉽게 지날 수 없는 이런 지형에서 습격을 받는다면 큰 낭패를 볼 수 있었다.

"그래서 지금껏 이들이 안전하게 본거지를 지킬 수 있었습니다. 감시 인원이 4시간마다 교대를 한다고 하니, 빨리 진입해야 합니다."

송 관장의 말에 김만철이 답했다.

"그래야지. 이 많은 인원이 지나가야 하니까."

중무장한 코사크 타격대와 전투부대가 송 관장의 뒤쪽으로 길게 늘어서 있었다.

혹천의 본거지로 진입하는 병력만 오백 명이었다.

나머지 병력은 산 주변을 포위한 채 대기하고 있었다.

*　　　*　　　*

위험한 험로를 따라서 30분 정도 내려가자 평탄한 길이
나왔다.

천혜의 요새처럼 산봉우리들이 겹겹이 둘러싸고 있는 흑
천의 본거지는 외부에서는 절대로 드러나지 않은 장소였
다.

문제는 외부에서 전혀 볼 수 없는 장소였지만, 봉우리 사
이로 나 있는 길은 침입자들의 모습도 살필 수 없다는 것이
었다.

그 때문에 흑천은 감시자들을 곳곳에 두어서 침입을 막
고 있었다.

"정말 놀라운 곳이야. 안쪽으로 들어오니 외부보다 훨씬
따뜻한 것 같은데."

송 관장은 외부 환경과 전혀 다른 풍경을 보이는 분지를
보며 말했다.

차가운 바람이 부는 외부보다 4~5도 정도 온도가 높게
느껴졌다.

"이제부터 시작입니다. 쉽게 빠져나갈 수 없는 이곳의 특
성상 놈들은 발악을 할 테니까요."

"앞쪽에서 뭔가 느껴지는데요."

티토브 정의 말이 떨어지기 무섭게 네 명의 인물들이 모습을 드러냈다.

"놀랍군. 어떻게 이곳까지 올 수 있었지?"

선두에 선 인물이 송 관장과 김만철, 그리고 티토브 정을 바라보며 말했다.

"이전에도 한 번 와봤거든. 전보다 경비가 허술해졌네."

김만철은 여유로운 표정을 지으며 말했다.

"백야의 놈들이야?"

"아닌 것 같지 않나?"

티토브 정의 말이 떨어지기 무섭게 수십 명의 코사크 타격대가 바위 뒤쪽에서 모습을 드러냈다.

가파른 경사면을 차례대로 내려오기 때문에 시간이 걸렸다.

그들은 곧장 네 명의 인물에게 총을 겨누었다.

그리고 점점 그 숫자가 많아지고 있었다.

타타다탕! 드르르륵!

쾅!

흑천의 건물들 사이에서 요란한 총격 소리가 퍼져 나갔다.

중무장한 코사크 타격대와 전투부대는 큰 어려움 없이

흑천의 본거지로 진입하고 있었다.

"저항하면 무조건 사살해."

코사크 부대를 이끄는 일린은 무전을 통해서 각 부대장에게 전달했다.

예상했던 것보다 저항은 미비했다.

습격을 전혀 예상하지 못해서인지 흑천인들은 반격보다는 몸을 피하기에 급급했다.

중화기로 무장한 군인들의 습격은 그들의 예상을 뛰어넘는 것이었다.

타다다탕!

늑대의 무리가 사냥하듯이 흑천인들을 한쪽으로 몰아갔다.

"이거 의외인데요. 반격이 전혀 없으니 말입니다."

김만철도 지금의 상황에 어리둥절한 표정이었다.

"자신들이 공격받으리라는 것을 예상하지 못한 결과겠지."

송 관장의 말처럼 흑천은 이런 대규모의 공격을 전혀 예상치 못했다.

더구나 흑천의 주요 인물들이 외부로 출타 중인 것도 문제가 되었다.

하지만 이러한 상황은 건물들이 밀집된 곳부터 달라지기

시작했다.

*　　　*　　　*

태고전(太古殿)에 머무는 천산은 좌선을 한 채 깊은 명상에 빠져 있었다.

짙은 안개에 둘러싸인 것처럼 세상의 흐름이 전혀 보이지 않았다.

대통령의 당선을 당연시했던 한종태의 대선 후보 사퇴도 예측하지 못했다. 천산이 예측했던 천기의 흐름과는 전혀 다른 방향으로 흘러간 것이다.

'음, 무엇이 흐름을 바꾸었을까? 강태수가 진정 초인이란 말인가?'

닉스홀딩스를 이끄는 강태수가 김대중 대통령을 지원했다는 사실을 알게 되었다.

강태수의 지원만으로 대선 판세의 흐름이 바뀌었다는 것이 믿기지 않았다.

한종태를 지원하는 그룹은 김대중보다 더 많을 뿐만 아니라 안기부의 지원까지 받았다.

여기에 미르재단과 흑천의 하부 조직인 천복이 적극적으로 도왔다. 하지만 한종태는 대통령이 되지 못한 채 한국을 떠났다.

한종태는 능력이 떨어지지 않는 정치인이었고, 인기와 능력에서도 다른 인물과 남달랐다.

역사를 바꾸는 초인은 아니었지만, 시대의 흐름을 이끌어갈 수 있는 인물이었다.

'한종태의 기운이 꺾였다는 것은…….'

그때였다.

왠지 모를 불의한 기운이 천산의 온몸을 사로잡을 기세로 다가왔다.

"어허! 누가 감히 태고전을 어지럽히느냐?"

천산의 호통에 태고전을 감싸던 불의한 기운이 썰물처럼 사라졌다.

그때였다.

조용하던 태고전에 이곳에서는 들을 수 없는 시끄러운 소리가 들려왔다.

"이 소리는?"

천산의 귀에 들려오는 소리는 분명 총소리였다.

*　　　*　　　*

"작전은 순조롭게 진행되어 본거지로 진입했다고 합니다."

코사크 타격대의 지원팀을 맡은 예브게니의 말이었다.

"다행스러운 일이야. 하지만 어떤 사태가 일어날지 모르니, 대기 중인 부대들도 긴장을 늦추지 말라고 해."

"예, 말씀대로 하겠습니다."

예브게니가 밖으로 나가자 가인이와 예인이가 막사로 들어왔다.

두 사람은 나의 안전을 위해서 이곳까지 동행했다.

경호를 위해서 중국에서 온 박용서 대리도 있었지만 두 사람이 함께하면 무서울 것이 없었다.

이미 가인이와의 대련을 통해서 내가 넘볼 수 없는 실력을 갖추고 있다는 것을 새삼 느꼈다.

"잘 되어가고 있는 거지?"

"어, 문제없이 진행되고 있어."

가인이의 말에 밝은 목소리로 말했다.

"다행이네. 오빠가 산에 올라갈까 봐 얼마나 걱정했다고."

내 말에 예인이가 환한 표정이 되었다.

문제가 발생하면 내 성격상 흑천의 본거지로 향할 것이라는 걸 두 사람은 잘 알고 있었다.

"하늘이 우릴 돕고 있는 것 같아."

그때였다.

아악!

타다다탕!

비명과 함께 총소리가 들려왔다.

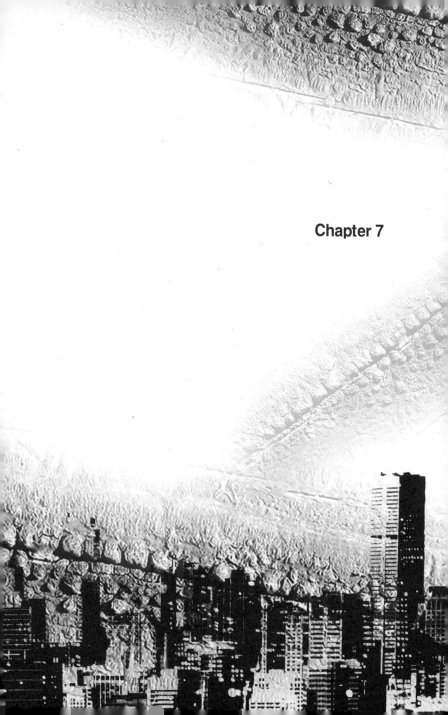

Chapter 7

　총소리에 밖으로 나오자 경호원들이 내 주변을 감쌌다.

　"어찌 된 일이야?"

　"차량을 타고 이곳을 지나려 하는 인물들에게 갑작스러운 공격을 받았습니다. 공격을 받은 대원 한 명과 차량을 운전했던 인물이 사망했습니다. 나머지 두 명의 인물은 타격대가 추격 중입니다."

　예브게니의 보고처럼 공식적인 사망자가 처음으로 나왔다.

　코란도 지프를 검문하는 도중 발생한 일이었다.

이들은 서울에서 내려오던 척살단의 인물들로 차에는 척살단의 단주인 풍운이 타고 있었다.

"다른 부상자는 없나?"

"세 명의 부상자가 나왔지만, 생명에는 지장이 없습니다. 이걸 대원들에게 던졌습니다."

예브게니가 건네준 것은 날이 선명하게 세워진 날카로운 표창이었다.

부상한 대원들은 방탄복과 보호 장비들로 무장한 덕분에 생명을 구할 수 있었다.

죽임을 당한 대원은 목에 표창을 맞았다.

"놈들을 반드시 잡아야 해."

흑천의 인물들이 분명했다. 이들을 단 한 명도 놓칠 수 없었다.

"뒤쪽에 배치된 11팀에 연락을 취했습니다. 앞뒤로 포위할 수 있을 것입니다."

"너무 쉽게 생각하면 안 돼. 우리가 상대하는 인물들은 보통 사람들이 아니야. 사소한 동전으로도 사람을 죽일 수 있어."

송 관장과 티토브 정 또한 동전과 쇠구슬로 적을 물리쳤다.

"예, 회장님의 말씀을 대원들에게 전달하겠습니다."

예브게니가 통신실로 향할 때 총소리가 연속해서 들려왔다.

*　　　　*　　　　*

풍운은 지금의 상황을 믿을 수가 없었다.

대규모의 외국 군대가 태백산 일대에 포진하고 있었다.

풍운과 함께했던 척살대원은 서울에서 내려오던 길이었다.

천평리에서 넘어오던 풍운은 일반 도로가 아닌 마을 샛길을 통해서 고선리로 넘어왔다.

이 때문에 앞쪽 도로에 설치된 검문소를 피할 수 있었다.

"본산이 위험하다."

풍운은 산등성을 평지처럼 달렸다. 하지만 그의 뒤를 따르는 척살단원인 박영철은 그렇지 못했다.

그의 총알이 관통된 허벅지에서 피가 흘러나왔다.

"단주님, 전 놈들을 따돌리겠습니다."

"알았다. 무사해라."

이런 상황에서는 박영철을 챙길 수 없었다.

"예, 걱정하지 마십시오."

박영철은 풍운과 다른 방향으로 움직였다.

그가 움직인 방향을 잠시 바라보던 풍운은 더 빠르게 산을 올랐다.

'이놈들은 누굴까?'

불안한 마음에 속도를 높였다.

박영철과 헤어진 지 5분 정도 지났을 때 총소리와 함께 폭음이 들려왔다.

타다다탕! 다타타탕!

쾅!

박영철이 향했던 방향이었다.

잠시 멈춰 선 풍운은 검은 연기가 피어오르는 것을 바라보았다.

"뭔가 크게 잘못되었어."

도로에서 본 군인들은 일반적인 군인들이 아니었다.

그들은 마스크로 얼굴을 전체를 가리고 있었고, 국군의 주력소총인 M16이 아닌 처음 보는 자동소총을 들고 있었다.

전투 복장과 지닌 무기들이 TV나 외국 영화에서 봤던 특수부대의 모습이었다.

더구나 그들은 영어를 사용하지 않았다.

"총기를 마음대로 사용하다니……."

풍운이 두리봉 쪽으로 방향을 향할 때였다.

지금껏 느껴보지 못한 기운이 오른쪽에서 전해져 왔다.

"무서운 살기를 내보이는군. 날 기다린 것 같은데."

풍운의 말이 끝나자마자 바위 뒤편에서 천천히 여자가 걸어 나왔다.

그녀는 다름 아닌 송예인이었다.

"상처 입은 놈보다는 네가 더 재미있을 것 같아서."

풍운을 바라보는 예인이의 왼쪽 눈이 붉어져 있었다.

예인이는 총소리를 들려오자마자 막사에서 나와 척살단을 쫓았다.

"누군가 했더니 너로군."

풍운은 송예인을 알고 있었다.

그는 송 관장에서 집에서 가지고 나온 사진을 통해서 예인이를 알게 되었다.

"날 알고 있나?"

"물론이지. 널 찾기 위해서 네가 다니는 학교와 집까지 방문했으니까. 제 발로 내 앞에 나타날 줄은 생각지도 못했는데 말이야."

말을 하는 풍운은 예인이의 전신을 살폈다.

대단한 미모와 늘씬한 몸매를 지닌 송예인은 연예인처럼 보였다. 하지만 그런 그녀의 몸에서 스멀스멀 풍겨 나오는 기운이 거미줄처럼 사방을 옥죄고 있었다.

"왜 날 찾으려고 했지?"

"네가 마녀라고 하더군."

"마녀라? 그건 너희가 갖다 붙인 말이겠지. 날 애타게 찾았다니, 한 가지 사실을 알려줄까?"

"무엇이지?"

"날 마녀라고 불렀던 인물은 내 손에 의해 모두 사라졌어. 너도 곧 그럴 운명이고."

"하하하! 네가 상대했던 인물들과 날 동일하게 생각하면 안 될 것이다. 홍 장로께서 널 사로잡으라고 했지만 난 그럴 생각이 없어. 지금까지 경험해 보지 못한 고통을 네게 선사해 주지."

풍운은 예인이를 보며 비릿한 웃음을 지으며 말했다.

이제껏 그 누구에게도 자신의 힘을 드러내지 않았던 풍운이었다.

*   *   *

"뭐? 예인이가 놈들을 따라간 것 같다고?"

상황을 파악하기 위해 막사에서 나올 때까지만 해도 예인이를 봤었다.

"잠시 화장실을 간 줄 알았는데, 그게 아닌가 봐."

예인이는 가인이에게 화장실에 다녀온다고 말했었다.

"안 되겠다. 예인을 찾아야겠어."

책상에 놓여 있던 권총을 집어 들었다.

"산에 올라가려고?"

"그냥 있을 수 없잖아. 예인이를 빨리 찾아야지."

가인이와 예인이가 이곳으로 함께 오도록 한 이유는 흑천을 상대하기 위해 산에 올라가지 않는 조건에 동의해서였다.

"그럼, 나도 함께 가."

가인이의 말에 잠시 그녀를 바라보았다.

'말려도 듣지 않겠지.'

"위험한 일에는 나서지 말아야 해."

"그건 내가 할 소리야. 난 충분히 내 몸을 지킬 수 있다고."

틀린 말이 아니었다. 가인이는 이곳에 있는 누구보다도 강했다.

"알았어. 헬기를 이용해서 움직이자."

심한 강풍 때문에 흑천의 본거지로의 헬기 진입은 힘들었지만, 산등성이로의 이동은 가능했다.

막사 주변에는 수송 헬기가 대기 중이었다.

*　　　*　　　*

풍운은 입고 있던 겨울 점퍼를 벗었다.

차가운 산바람을 막아주던 점퍼를 벗자 풍운의 몸에서는 뜨거운 사우나에서 막 나온 사람처럼 김이 모락모락 솟구쳐 올랐다.

스스로 몸을 데우는 것 같은 느낌이 들 정도로 열기가 주변으로 퍼졌다.

"최선을 다하거라. 그렇지 않으면 세상에서 가장 지독한 고통으로 죽어갈 테니까. 후— 욱!"

풍운은 말을 마치자마자 주변 공기를 모두 빨아들일 것처럼 긴 호흡을 보였다.

"깔깔깔! 처음에는 다들 그렇게 말하지만, 그 반대가 되었을 때 느끼는 공포에 큰 후회를 하곤 했지."

예인이는 풍운의 말에 큰 소리로 웃으며 말했다.

그녀의 웃음소리와 머리카락이 춤을 추듯이 바람의 날리는 모습은 이전에 보았던 예인이와는 전혀 달랐다.

"크하하하! 그 말 때문에 넌 지옥을 맛볼 것이다. 차아!"

우렁찬 기합과 함께 단숨에 거리를 좁혀온 풍운은 기이한 동작으로 예인이를 잡으려고 했다.

마치 거미가 줄에 걸린 먹잇감을 여덟 개의 다리로 잡아 거미줄로 감싸듯이, 풍운의 손이 여러 개로 늘어난 것처럼 보였다.

"보이는 것이 전부가 아니지."

예인이는 자신을 잡으려 하는 풍운에게 오히려 사로잡히려는 듯이 그의 품으로 파고들었다.

그 동작이 느린 듯 빠르고, 빠른 듯 느렸다.

파파바파퍽!

풍운이 손이 예인이의 어깨를 잡아채려는 동작에 예인이의 손등이 전광석화처럼 풍운의 오른 손바닥을 올려쳤다.

그 순간 풍운의 왼손이 예인이의 가슴으로 향했지만, 풍운의 오른 손바닥을 쳤던 손이 내려오면서 왼 손등을 내려쳤다.

그리고 이어진 다섯 번의 공수 교환은 눈을 따라가지 못할 정도로 순식간에 일어났다.

두 사람이 서 있는 방향이 서로 교차할 때 예인이가 입고 있던 겨울 파카가 날카로운 쇠꼬챙이에 걸린 것처럼 길게 찢겨 나갔다.

"놀랍군. 네가 마연을 죽였나?"

예인이의 반대편에 선 풍운의 두 눈이 커졌다. 그 또한 입고 있던 스웨터가 찢기며 바람에 날리고 있었다.

"마연이 누구인지 난 몰라. 내가 아는 건 날 마녀라 부른 인물을 살려두지 않았다는 것뿐이야."

말을 마치자마자 이번에는 예인이가 먼저 움직였다.

'이게 뭐지?'

풍운은 예인이의 모습에 두 눈이 커졌다.

예인이는 지금 풍운이 보여주었던 동작을 그대로 재연하고 있었다.

파파바파팍!

다시금 이어진 공방에서는 풍운이 서너 걸음 뒤로 물러났다.

하지만 풍운의 모습이 크게 달라져 있었다.

"이런 말도 안 되는……."

풍운이 입고 있던 스웨터는 걸레처럼 완전히 찢겨져 있었고 그의 어깨와 옆구리에서 피가 배어 나왔다.

*   *   *

"으윽!"

"악!"

2층짜리 목조 건물에 접근하던 코사크 대원에게 갑자기 날아온 화살이 다리와 가슴에 꽂혔다.

방탄복을 입었지만, 쇠로 된 화살은 총알을 막는 방탄복을 뚫어버렸다.

타다다다탕!

화살이 날아온 건물을 향해 타격대가 집중사격을 했다.

"중심지로 접근하면서 피해가 늘고 있습니다."

일린은 티토브 정을 보며 말했다.

무전으로 들어온 사망자의 숫자는 열 명으로 늘어났고 부상자도 수십 명에 달했다.

"지원 병력을 더 요청하십시오. 여기서 물러날 수는 없습니다. 제가 우측을 열겠습니다. 그쪽으로 화력을 집중하십시오."

"알겠습니다."

오백 명의 전투부대가 동원되었지만, 총기가 없는 흑천의 인물들을 제압하지 못하고 있었다.

일린은 추가로 3개 팀을 더 요청했다.

Chapter 8

송 관장은 코사크의 타격대를 지원하기 위해 정무관이라
는 푯말이 달린 건물에 들어섰다.

건물 밖에서는 계속해서 총소리와 폭발음이 들려왔다.

정무관 안의 공간은 생각보다 넓었고, 앞쪽으로는 2층으
로 이어진 계단이 보였다.

정무관에서도 갑작스럽게 철로 만든 쇠궁이 날아와 건물
에 접근하던 타격대원 두 명이 부상을 입었다.

화살이 날아왔던 2층으로 향할 때였다.

휘익!

짧은 소음과 함께 여러 개의 물체가 송 관장에게 날아왔다.

팍! 퍽퍽!

왼쪽으로 몸을 날리는 순간 마룻바닥에 일본 닌자들이 사용하는 것과 비슷한 삼각표창이 연달아 꽂혔다.

송 관장 또한 자세를 잡자마자 손에 쥐고 있던 수리검을 표창이 날아온 곳을 향해 던졌다.

퍽!

수리검이 무언가에 박힌 소음이 들린 후 얼마 안 있어 한 인물이 모습을 드러냈다.

"넌 총을 든 놈들과는 다르군."

송 관장에 앞에 모습을 나타낸 인물은 흑천의 3대 장로 중의 하나인 이산 장로였다.

왜소한 체구의 이산 장로였지만 그의 눈에서는 일반인에게서는 볼 수 없는 안광이 폭사되어 나왔다.

'음, 풍기는 이미지가 보통 인물이 아닌 것 같은데…….'

흑천의 인물과 몇 번 조우했었던 송 관장은 긴장할 수밖에 없었다.

눈앞에 나타난 노인은 지금껏 만났던 흑천인들과는 달라 보였다.

"저항은 무의미하니, 항복하는 것이 좋을 것이오."

"하하하! 고작 총으로 우릴 끝낼 수 있다고 생각했단 말이더냐. 너흰 이곳에서 죽음을 면치 못할 것이다."

이산 장로는 당황한 기색 없이 큰 소리로 웃으며 말했다.

"후후! 지금이 어떤 시대인지 잘 모르는 양반이군. 이대로 수많은 사람들을 희생시킬 생각인가?"

"값비싼 희생은 새로운 도약을 말하는 것이지. 누구의 사주로 이러한 일을 벌였는지는 모르지만, 이 일을 벌인 주동자는 반드시 죽는다."

이산 장로가 말을 끝마치는 순간 총알이 건물 안으로 날아들었다.

드르르륵! 드르르르륵!

7.62㎜ RK 기관총에 쏟아지는 총탄이 정무관을 휘감았다.

송 관장은 총알이 날아오는 반대 방향인 오른쪽으로 몸을 날렸다. 총격이 끝나고 그가 몸을 일으킬 때 이산 장로의 모습 또한 사라졌다.

*   *   *

불길이 사방에서 치솟는 것을 바라보는 대종사 천산은 화용성 장로와 함께하고 있었다.

"일단 몸을 피하시는 것이 좋을 것 같습니다."

"음, 천혼(天魂)과 함께 업화(業火)가 모습을 보인 것인가?"

"그게 무슨 말씀이신지요?"

화용성 장로는 천산의 수수께끼 같은 말에 되물었다.

"이것은 천부(天符)의 등장이 아니다. 천혼과 업화의 싸움일 뿐. 아직 우리에게는 기회가 있느니라. 으하하하!"

말을 마친 천산은 불타는 건물들을 바라보며 호쾌한 웃음을 토해내고 있었다.

풍운은 자신이 펼친 모든 수법을 막아낸 예인이를 놀란 표정으로 쳐다보았다.

'이건 마녀가 아니라 괴물이야.'

몇 차례 더 예인이와 충돌한 풍운의 몸 여기저기에는 상처가 생겨났다.

예인이 또한 옷이 찢기기는 했지만, 풍운처럼 옷들이 넝마로 바뀌지는 않았다.

풍운은 지금 고민할 수밖에 없었다.

자신이 펼친 수법을 앞에 서 있는 마녀가 그대로 따라 하고 있었기 때문이다.

달에 비친 그림자처럼 자신의 움직임을 그대로 펼치는

마녀의 움직임은 공포 그 자체였다.

풍운의 마음속에도 어느 순간 스멀스멀 벌레가 기어가는 것처럼 기분 나쁜 공포가 서서히 자리를 차지하려고 움직이고 있었다.

'홍 장로님과 호법을 빼고는 날 상대할 만한 인물이 없다고 여겼는데……'

대종사인 천산은 예외를 두고서라도 흑천에는 사부인 홍무영 장로와 호법인 백천결을 빼고는 그를 상대할 사람이 없다고 여겼다.

그만큼 풍운의 실력은 특출하게 뛰어났다.

"뭘 그렇게 고민하지? 이제 슬슬 끝낼 때가 되었잖아."

풍운과 달리 예인이는 여유로운 표정이었다.

"그래, 끝내야지. 내가 이 수법까지 펼치게 될 줄은 생각지도 못했구나."

풍운은 그 누구에게도 보인 적이 없는 수법을 펼치려고 했다.

자신의 꿈을 위해서 끝까지 숨기려고 했던 수법이었다.

풍운이 죽였던 백야의 인물로부터 나온 무공서에서 배운 수법에 흑천의 무공을 접목한 무공이었다.

"오! 아직 새로운 것이 있나 보지?"

풍운의 말에 예인이는 무척 호기심을 보이는 표정이었다.

"이 수법까지 통하지 않는다면 널 인정할 수밖에 없겠지."

풍운은 자신의 기운을 모두 양손으로 모았다. 그러자 그 두 손이 시뻘건 불덩이처럼 달아올랐다.

풍운의 양손은 밖으로 열을 배출하듯이 뜨거운 기운이 확연히 느껴졌다.

마치 그의 손을 맨손으로 잡으면 화상을 입을 것 같은 느낌이 들었다.

"무척 기대되는데."

예인이는 풍운의 변화에 크게 놀라는 모습이 아니었다. 어린아이처럼 단순히 새로운 것에 호기심을 보일 뿐이었다.

"크크큭! 그 기대를 만족시켜 주지. 죽어라!"

말일 끝나자마자 풍운이 몸을 날렸다.

그때였다.

반대편 능선에서 헬리콥터가 나타나며 반짝이는 빛이 보였다.

그 순간 예인이의 몸이 흔들거리며 풍운을 향했다.

풍운의 주먹이 예인이의 얼굴을 향해 뻗자 예인이의 얼굴에 미소가 피며 고개를 옆으로 움직였다.

퍽!

그 순간 예인이의 얼굴을 따라 움직이던 손의 방향이 바뀌었다.

헬리콥터에서 쏜 저격용 총알이 풍운의 어깨를 관통했기 때문이었다.

출렁!

그 충격에 풍운의 몸이 크게 휘청거렸다.

'설마! 이걸 예측했다는 것인가?'

풍운은 찰나의 순간이었지만 자신의 의지와 상관없이 목표물을 벗어난 자신의 손과 마녀의 얼굴을 번갈아 보았다.

풍운의 눈동자에 비친 마녀의 얼굴에는 화사한 미소가 피어올랐다.

그 미소가 벚꽃처럼 만개할 때쯤 자신의 왼쪽 가슴에 큰 충격이 느껴졌다.

"펑!"

예인이의 오른손이 어느 순간 풍운의 가슴에 밀착되었기 때문이다.

부풀어 오른 풍선이 터져 나가는 소리가 들려오는 순간 풍운의 몸은 뒤쪽으로 날아갔다.

눈밭 위로 날아가 나뒹군 풍운은 더 이상 움직임이 없었다.

예인이의 공격으로 심장이 내부에서 터져 버렸기 때문이

다. 풍운이 사용했던 암경(暗勁)을 예인이는 그대로 돌려주었다.

암경은 상대의 몸속으로 타격력을 침투시켜 내상을 입게 하는 수법이다.

예인이는 뒤쪽에서 날아오는 헬리콥터를 잠시 바라보다 곧장 산 정상으로 빠르게 움직였다.

*　　　*　　　*

3개 팀 삼백 명이 더 투입되자 상황은 코사크 쪽으로 흐름이 바뀌었다.

강력한 저항에 부닥친 후부터 코사크 타격대를 선두로 해서 유탄 발사기와 수류탄을 무차별적으로 사용했다.

코사크 대원들의 희생이 늘어나자 흑천의 인물들을 생포하려던 계획을 바꾼 것이다.

쾅! 콰쾅!

강력한 폭발음이 사방에서 들려오자 기와집과 목조 형태로 지어진 흑천의 건물들은 하나둘 불길에 휩싸여 무너져 내렸다.

건물 내에서 반격하던 흑천인들도 점차 뒤로 밀려나기 시작했다.

타다다탕! 드르르륵!

지붕을 타고 움직이는 물체를 향해 집중사격이 이루어졌다.

"컥!"

빠르게 지붕을 넘나들던 인물이 몸을 휘청이며 아래로 떨어졌다.

픽!

우당탕!

지붕 위에 있던 또 다른 인물 또한 저격을 당해 아래로 떨어졌다.

흑천은 숫자에서도 화력 면에서도 코사크를 상대하기 힘들었다.

더구나 일반적인 병사들이 아닌 특수부대인 코사크 타격대와 산악 훈련과 시가전을 경험한 전투부대는 시간이 지날수록 실력을 발휘했다.

그에 비해 기습을 허용한 흑천은 희생이 점차 늘어나고 있었다.

"더는 버티지 못할 것 같습니다. 제자들의 희생이 너무 큽니다."

흑천의 인물들 중 절반 이상이 사망하거나 부상을 당했다.

"종을 쳐라. 남해로 간다."

화용성 장로의 말에 천산이 침통한 표정으로 말했다.

"150년간 이어온 터전이지만 다시금 일어날 수 있습니다."

말을 하는 화용성 또한 침통하기는 매한가지였다.

흑천이 처음 이곳을 발견하고 터를 닦아온 지 올해가 150년이 되는 해였다.

작은 초가집이 120여 채의 크고 작은 건물들이 되기까지 흑천의 흥망성쇠가 모두 이곳에 있었다.

"아쉬워할 것도 없느니라. 단지 이곳의 기운이 다한 것뿐이니라."

말을 마친 천산이 뒤돌아서서 태고전(太古殿)를 향했다.

그리고 잠시 뒤 웅장한 종소리가 분지에 퍼져 나갔다.

*   *   *

헬리콥터에서 내리자마자 예인이가 사라진 쪽으로 향했다.

예인이와 싸움을 했던 인물은 이미 차갑게 몸이 식어 있었다.

"예인이가 우리를 보지 못한 건가?"

함께 산을 오르는 가인이가 걱정스러운 말투로 말했다.

"아닐 거야. 분명 우리 쪽으로 고개를 돌리는 걸 봤어."

"예, 저도 예인 씨가 저희를 쳐다보는 걸 봤습니다."

내 말에 박용서 대리가 확인하듯 답했다.

가인이 이외에도 백야 출신인 박용서 대리와 경호팀장인 드미트리 김, 그리고 중무장한 일곱 명의 경호원이 함께했다.

"도대체 무슨 이유로 위험에 뛰어드는지 모르겠어."

가인이는 예인이의 행동을 이해하지 못했다.

이곳까지 예인이와 가인이가 동행한 것은 혹시나 모르는 흑천의 공격에서 날 보호하기 위함이었다.

하지만 지금 예인이의 행동은 나를 위험으로 인도하는 것처럼 보였다.

"빨리 예인이를 찾아서 산에서 내려가자. 조금 있으면 어두워질 거야."

겨울 산은 해가 일찍 떨어졌다.

"타격대를 기다리시는 것이 어떻겠습니까?"

드미트리 김의 말이었다. 그는 나의 신변이 최우선 순위였다.

가인이를 비롯한 박용서와 일곱 명의 경호원들이 있었지만 안심할 수는 없었다.

근처에 대기하던 타격대 8팀이 나를 경호하기 위해서 산을 오르고 있었다.

"흑천의 본거지를 침입하는 것이 아니니까. 예인이를 찾아 데리고 내려가면 크게 걱정할 것은 없을 거야."

흑천과의 싸움을 위해 산에 오른 것이 아니었다.

예인이가 어떻게 눈 속에 파묻혀 있는 사내와 싸우게 되었는지는 모르지만, 지금은 날이 지기 전에 예인이를 찾아서 산에서 내려가는 것이 우선이었다.

종소리가 들리고 나서부터는 죽음을 불사하듯 극렬했던 저항이 하나둘 사라졌다.

"후퇴의 종소리였나?"

자동소총을 손에 든 김만철이 앞쪽을 바라보며 말했다.

2차세계대전 일본군이 반자이(만세)를 외치며 무모하게 돌격했던 것처럼 흑천의 인물들도 몸을 사리지 않았다.

몇몇 인물들이 총기를 사용했지만, 대다수가 검과 활, 표창 등 고전적인 무기를 들고 싸웠다.

김만철이 바라보는 앞쪽으로도 검을 든 다섯 명의 인물이 총에 맞아 쓰러져 있었다.

"아마도 승산이 없다고 여긴 것 같습니다. 놈들이 이곳을 빠져나가게 해서는 안 됩니다."

티토브 정이 김만철의 말에 대답하며 앞으로 달려 나갔다.

"그래야겠지. 전진한다!"

김만철의 외침에 백여 명의 인원이 앞쪽으로 움직였다.

코사크 대원들의 희생이 적지 않았지만 흑천의 본거지를 대부분 점령했다.

현대 무기로 무장한 특수부대를 상대로 고전적 무기와 무술로는 한계가 있었다.

만약 흑천의 인물들을 기습하는 게 아닌 산속에서 싸움이 벌어졌다면 상황은 크게 달라졌을 것이다.

*　　　*　　　*

태고전(太古殿) 뒤편으로 이어진 비밀 동굴을 통해 천산을 비롯한 흑천의 주요 인물들이 이동하고 있었다.

"이산 장로가 보이지 않는구나?"

천산은 주위를 살피며 물었다.

"제자들을 피신시키고 이동하시겠다고 했습니다."

화용성 장로의 말에 천산의 표정이 어두웠다. 이산 장로는 흑천을 지탱하는 기둥 중의 하나였다.

"음, 무사해야 할 텐데."

"무사하실 것입니다."

이산 장로의 제자인 태승의 말이었다.

태승은 이산을 도와 제자들을 육성하는 무화당을 이끌고 있었다.

"홍무영 장로와 풍운은 연락이 되었는가?"

"예, 어제 서울에서 출발한다는 말을 들었습니다. 두 사람은 그다지 걱정하지 않으셔도 될 것입니다."

"그래, 두 사람은 문제가 없겠지. 그리고 오늘의 일은 절대로 잊으면 안 되느니라."

그때였다.

"깔깔깔! 뭘 잊으면 안 되는데?"

어둠이 펼쳐진 반대편에서 날카로운 웃음소리와 함께 천산의 말을 반문하는 소리가 들려왔다.

"누구냐?"

웃음소리의 주인공을 향해 화용성 장로가 일갈하듯 물었었다.

하지만 더는 대답이 들려오지 않았다.

"제가 살펴보겠습니다."

태승이 말을 마치자마자 앞쪽으로 향했다.

이 비밀 통로는 흑천의 주요 인물들 외에는 모르는 장소였다. 이런 장소에 외부인의 목소리가 들려왔다는 것은 놀라운 일이었다.

"이 통로가 노출되었단 말인가?"

천산은 놀란 표정으로 물었다.

"그럴 리가 없습니다. 이곳은 장로들과 단주급 외에는 알지 못하는 곳입니다."

"한데, 누가 여길……."

커— 억!

천산이 말을 끝마치기 전에 고통스러운 비명이 동굴을 메아리쳤다.

그 목소리의 주인공은 방금 앞으로 달려 나간 태승이었다.

비명 소리에 천산을 호위하던 두 명의 인물이 움직였다.

그리고 잠시 뒤 한 명의 인물이 돌아와 자신이 본 이야기를 전했다.

"태승의 목숨이 끊어졌습니다. 태승을 해한 인물을 왕우가 쫓아갔습니다."

"뭐라고? 태승이 죽었다고?"

화용성 장로가 놀라 물었다.

"예, 한데 풍운 단주가 즐겨 사용하던 수법에 당했습니다."

"방금 무어라고 했느냐?"

천산이 앞으로 나서며 말했다.

"예, 태승이 당한 수법은 풍운 단주의 열화장이었습니다."

열화장은 물을 끓일 정도로 뜨거운 기운을 내부로 흘러 몸속 장기를 파괴하는 수법이었다.

"풍운이 우릴 배신했다는 말이더냐?"

천산의 머리가 복잡해졌다. 더구나 이곳을 아는 인물 중에 하나가 풍운이었다.

"설마 풍운이 그랬겠습니까?"

천산의 말에 놀란 화용성 장로가 반문했다.

"홍무영 장로의 지시라면 풍운이 움직일 수밖에 없겠지."

대종사 천산은 홍무영의 독단적인 움직임을 알고 있었다.

지금까지의 일은 개인의 욕심으로 생각했지만, 오늘 일은 달랐다.

"그렇다면 이번 일을 홍 장로가?"

흑천의 본거지가 외국 군대에 습격당한 일도 미스터리였다.

철저한 감시와 대비 속에서 속절없이 당했다는 것은 내부의 인물이 도와주지 않았다면 절대 가능한 일이 아니었다.

흑천의 본거지에서 외부로 탈출할 수 있는 또 다른 출구가 발견되었다.

이곳을 통해서 얼마나 많은 인원들이 탈출했는지는 알 수 없었다.

본거지에서 사로잡은 흑천의 인물들은 27명이었고 사살한 인원은 백여 명이 넘었다.

극렬하게 저항했기 때문에 부상자보다는 사망자가 월등히 많았다.

"대기 중인 10팀과 12팀, 그리고 13팀에 연락을 취했습니다. 탈출한 인원들은 지원팀이 처리할 것입니다."

티토브 정이 김만철 경호실장에게 말했다.

외부에 대기 중인 인원만 사백 명이었다.

"우리 측 희생도 적지 않았어. 한데 형님이 보이지가 않네."

김만철은 주변을 둘러보며 말했다.

송 관장은 가장 격렬하게 저항하던 왼쪽 지역을 맡아서 싸웠다.

코사크는 22명의 사망자와 35명의 부상자가 나왔다.

"그러게요. 10분 전까지 무전이 들어왔었는데."

송 관장이 지닌 무전기에 이상이 생겼는지 그 이후부터

는 무전이 되지 않았다.

"설마, 문제가 생긴 것은 아니겠지?"

"위험은 피하시라고 말씀드렸는데. 형님을 찾아봐야겠습니다."

"그래야 할 것 같아. 난 여길 정리할 테니, 정 부장이 형님을 찾아봐."

"알겠습니다. 찾으면 바로 연락드리겠습니다."

티토브 정은 새로 발견된 출구 쪽으로 향했다.

*　　　*　　　*

동굴을 벗어난 끝자락에서 미지의 인물을 쫓았던 왕우의 시체가 발견되었다.

"확실히 풍운의 수법입니다."

왕우의 시체를 살핀 화용성 장로의 말이었다.

"내가 너무 홍무영을 안일하게 생각했구나."

천산은 홍무영의 이름을 입에 올릴 때 붙였던 장로의 호칭을 처음으로 빼버렸다.

"홍무영과 풍운이 저들에게 어떤 대가를 받았길래 이러한 일을 저지른 것인지… 제 눈으로 직접 보고도 믿기지가 않습니다."

화용성은 고통스러운 표정이 얼굴에 그대로 나타난 왕우의 시체를 보며 말했다.

홍무영 장로와 척살단을 이끄는 풍운의 배신을 믿을 수가 없었다. 아니, 믿고 싶지 않았다.

하지만 눈앞의 증거에 몸서리칠 수밖에 없었다.

"우린 외부의 공격에 무너진 것이 아니다. 선대의 대종사들께서 우려하던 대로 내부로부터 무너져 내린 것이니라."

천산은 참담한 심정을 드러냈다.

"이들을 절대 용서할 수 없습니다."

왕우의 시체를 안아 든 영일이 눈물을 흘리며 말했다. 영일은 왕우와 친형제처럼 지내며 천산을 호위했다.

"용서라는 말은 사치니라. 살아도 살아 있는 것이 아닌 고통을 줄 것이니라."

천산이 말을 마칠 때 동굴의 뒤쪽에서 사람들이 이동하는 소리가 들려왔다.

"통로가 발견된 것 같습니다. 서둘러야 할 것 같습니다."

화용성 장로는 천산을 보며 말했다.

"허허! 이 치욕을 어찌 갚을까."

말을 마친 천산은 동굴을 벗어나자마자 빠르게 산에서 내려가기 시작했다.

　　　　　　　*　　　　*　　　　*

　송 관장은 자신을 가로막고 있는 이산 장로를 바라보았다. 60대 초반으로 보이는 이산 장로에게서는 강한 기운이 넘실거렸다.

　'쉽지 않겠어.'

　섣불리 움직일 수 없었다. 그렇다고 마냥 기다릴 수도 없는 노릇이었다.

　이러한 느낌은 이산 장로 또한 마찬가지였다.

　'이놈은 대체 누구길래 이런 패도한 기운이 나온단 말인가?'

　처음 송 관장을 봤을 땐 백야의 인물이라고 여겼지만, 지금은 그가 순수한 무도인이라는 것을 알았다.

　이산 장로의 입장에서는 일반 무도인이 이러한 경지에 이르렀다는 것이 믿기지 않았다.

　"널 죽이기가 아까운 마음이 드는구나."

　이산의 발이 옆으로 천천히 미끄러지면서 말했다.

　"생과 사는 오로지 나 자신에게 달린 일이요. 내 생명을 취하는 것은 오직 신만이 할 수 있소."

　"하하하! 그 말이 맞는지는 확인해 보면 알 것이다. 차압!"

말을 마치자마자 이산 장로가 몸을 날렸다.

작은 몸집에서 나오는 빠름이 표범 같았고 그 기세 또한 대단했다.

송 관장 또한 이산을 향해 땅을 박차고 허공에 몸을 띄웠다.

강한 기운이 절로 나오는 송 관장의 발차기에 이산 장로는 원숭이가 재주를 넘듯이 허공에서 몸을 회전하며 공격을 피했다.

바닥에 떨어지기 무섭게 스프링이 튕기듯이 이산 장로의 몸이 송 관장에게로 향했다.

이산 장로가 움직이는 속도는 지금껏 상대했던 어떤 인물보다 빨랐다.

손과 발이 어지러울 정도로 연속된 동작들이 송 관장을 공격했다.

퍽! 퍼퍼퍼퍽!

'이런! 빠르기만 한 게 아니네.'

공격을 막아선 송 관장의 손에 전해져 오는 힘이 보통이 아니었다.

마치 방어하는 손을 두드려 깨부수겠다는 듯 쉴 새 없이 공격이 이루어졌다.

북한의 격술과 비슷한 느낌이었지만 그에 따른 파괴력과

속도가 달랐다.

'이대로는 안 되겠어.'

퍽!

이산 장로의 연속된 발 공격 중 하나가 송 관장의 가슴팍에 적중하자 신음성과 함께 몸이 뒤로 미끄러졌다.

주르륵!

"크!"

"용케 버티는구나. 이만큼 버티리라고는 생각지 못했는데 말이다. 자! 이번에는 다를 것이다."

이산 장로는 다시금 송 관장을 향해 공격을 시작했다. 그의 말처럼 이번에는 동작이 달랐다.

마치 뱀이 먹이를 향해 몸을 뻗듯이 이산 장로의 팔이 길게 늘어난 것처럼 보였다.

'시간을 끌수록 내가 불리하다. 살을 주고 뼈를 취하자……'

자신의 속도로는 이산 장로의 움직임을 따를 수가 없었다.

송 관장은 기다리지 않고 뱀의 아가리로 몸을 던졌다.

퍼퍽!

팍!

연속된 파열음이 들려온 동시에 신음성이 이어졌다.

이산 장로의 공격을 몸으로 받아낸 순간 개마고원에서 터득한 공격을 이산의 목에 적중시켰다.

그 모양새가 개마고원에서 만났던 대호의 앞발 공격을 연상시켰다.

공격을 주고받자마자 신음성이 동시에 들려왔다.

"큭!"

"컥!"

두 번의 공격을 허용한 송 관장은 그대로 주저앉았고, 이산 장로는 자신의 목을 두 손으로 부여잡은 채 뒷걸음질 쳤다.

믿기지 않는다는 듯 그의 두 눈은 튀어나올 것처럼 커졌다.

"크륵!"

비틀대는 이산 장로의 입에서는 검붉은 피가 솟구쳐 나와 숨을 쉬기 어려워졌다.

서너 걸음 더 뒤쪽으로 걷던 이산 장로는 고목이 넘어가듯이 그대로 뒤로 넘어갔다.

쿵!

그 모습을 보던 송 관장 또한 의식을 잃으며 앞으로 고꾸라졌다.

*   *   *

타다다타탕!

태백산 일대의 산에서는 여전히 총소리가 요란하게 들렸다.

힘겹게 본거지를 벗어난 흑천의 인물들은 주요 지역마다 배치된 코사크 타격대와 전투부대들에 의해서 체포되거나 사살되었다.

겨울 산은 숨을 곳이 없었다.

더구나 검은 옷과 회색 옷을 즐겨 입는 흑천인들은 하얀 눈 위에서 그대로 드러났다.

강한 바람이 잦아들자 십여 대의 헬리콥터들이 공중에서 수색을 시작한 것도 흑천에게는 불행한 일이었다.

ㅡ멈춰라! 멈추지 않으면 발포하겠다.

헬기에서 보내는 경고 방송에도 다섯 명의 흑천인들은 멈추지 않고 산 아래로 달음질했다.

"선두에 선 인물을 조준해."

팀장인 피터노바의 말에 헬기가 공중에서 선회하며 저격수가 맨 앞쪽에 선 인물을 조준했다.

ㅡ그 자리에 서지 않으면 발포한다.

다시금 경고 방송을 보냈지만 흑천의 인물들은 멈추지

않았다.

"쐐!"

저격을 위해 헬기가 공중에서 멈추자마자 저격수의 방아
쇠가 당겨졌다.

타— 앙!

털썩!

사슴이 도약하듯이 허공으로 뛰어오르던 흑천인이 그대
로 땅바닥에 꼬꾸라졌다.

그제야 빠르게 내달리던 흑천의 인물들이 자리에 멈춰
섰다.

이러한 일은 태백산에서 이어지는 전 지역에서 벌어졌
다.

Chapter 9

예인이의 뒤를 쫓던 중 발견한 동굴의 입구에서 흑천의 인물로 보이는 시체를 발견했다.

하지만 그곳에서도 예인이의 모습을 볼 수 없었다.

"큰일이네. 날이 어두워지는데."

오후 다섯 시를 향하자 산속에는 서서히 어둠이 몰려오고 있었다. 산속 지리를 알지 못하는 상황에서 무작정 산을 헤맬 수도 없었다.

밤이 되면 겨울 산은 기온이 빠르게 떨어진다.

"이쪽으로 온 것은 확실해."

내 말에 가인이는 걱정스러운 표정으로 말했다.

"밤이 되면 지금보다 기온이 많이 떨어지니까, 가인이는 먼저 내려가는 게 좋겠다."

"그럴 수는 없어. 예인이 없이는 절대로 내려가지 않을 거야."

"밤에 수색하려면 장비를 갖추어야 해."

낮에도 눈이 쌓여 있는 산을 오르기가 쉽지 않았다.

더구나 칠흑 같은 어둠이 가득한 밤에는 이동이 더욱 어려웠다.

"난 예인이를 찾기 전에는 산에서 내려가지 않을 거야. 그런 줄 알아."

"후! 알았다. 그럼, 이 일대를 뒤진 후에 너무 어두워지면 이곳으로 돌아오자."

"……."

가인이는 말없이 고개만 끄떡였다.

"이 주변 일대를 수색하도록 해."

함께한 경호원들에게 지시를 내렸다.

*   *   *

흑천의 대종사 천산과 화용성 장로는 발걸음을 돌렸다.

산 아래로 내려가다 산 밑에서 올라오던 코사크 타격대에 발견되어 추격을 당했다.

함께했던 영일이 타격대를 유도하는 사이 두 사람은 추위를 피하고자 동굴로 돌아올 수밖에 없었다.

"날이 새는 대로 계곡을 따라 내려가시지요."

"어떤 놈인지 모르겠지만 철저하게 준비를 해놓았어."

"우리가 이러한 사실을 모르고 있었다는 것이⋯⋯."

화용성 장로는 말을 마칠 수가 없었다. 두 사람이 걸어가는 앞쪽으로 불빛이 비쳤기 때문이다.

"밤새 수색을 하려는 것인가?"

플래시에서 나온 빛이 여러 갈래로 어둠을 밀어내고 있었다.

"놈들이 동굴을 발견한 것 같습니다."

"이대로 있다가는 우리가 얼어 죽는다. 저놈들을 처리해야 한다."

아무리 천산이라고 해도 영하 −20℃ 아래로 떨어진 산속에서 아무 장비 없이 밤을 지새우다가는 얼어 죽기 십상이었다.

"제가 앞쪽의 놈들을 맡겠습니다."

"조심하거라."

"예."

화용성 장로가 소리 없이 앞으로 나아갔다. 어둠은 화용성 장로의 움직임을 가려주었다.

천산 또한 시커먼 어둠 속으로 사라졌다.

타다다탕!

모닥불을 꺼뜨리지 않기 위해 나무를 넣는 순간 갑자기 총소리가 들려왔다.

그 소리에 함께 있던 나와 박용서 대리가 동굴 밖으로 나갔다.

"습격입니다. 경호원들이 사용한 플래시가 꺼지고 있습니다."

밖에서 주변을 살피던 드미트리 김의 말이었다.

그의 말이 끝나자마자 앞쪽에 보이던 불빛이 다시 꺼졌다.

여섯 개의 불빛이 차례대로 꺼졌고, 그중 하나가 황급히 우리 쪽으로 향하는 것이 보였다.

예상치 못한 일이었다.

흑천의 본거지는 정리되었고, 도망친 잔당을 소탕하는 상황이었다. 더구나 우리가 있는 위치에는 죽은 자들 외에 흑천의 인물들이 없었다.

경호를 위해 우리 쪽으로 이동하던 코사크 타격대는 흑

천의 잔당을 만나 전투를 벌인다는 연락이 왔다.

"경호원을 도와."

"회장님 곁에 있어야 합니다."

"내 한 몸은 지킬 수 있어. 그리고 여긴 박 대리와 가인이가 있잖아."

"알겠습니다."

내 말에 드미트리 김이 고개를 끄떡였다.

드미트리 김은 두 사람의 실력을 잘 알고 있었다.

그가 불빛이 있는 쪽으로 빠르게 이동한 후였다.

반대편 어둠 속에서 흰색 도포를 입은 인물이 우리 쪽으로 천천히 걸어왔다.

"허허! 누군가 했는데, 강태수 회장님을 이런 곳에서 보게 될 줄은 몰랐습니다."

그는 흑천의 대종사인 천산이었다.

'천산이······.'

천산의 갑작스러운 등장에 머릿속에서 요란한 경고음이 울렸다.

천산의 등장에 박용서와 가인이 또한 긴장했다.

흑천을 이끄는 대종사 천산의 모습은 평범하지 않았고, 그 안에 숨겨진 힘이 어느 정도인지 아무도 몰랐다.

"오랜만에 뵙습니다."

일부러 긴장하지 않은 척 담담하게 말을 뱉었지만, 등줄기로는 식은땀이 흘러내렸다.

"등잔 밑이 어둡다는 말이 맞습니다. 설마 강태수 회장과 홍무영 장로가 내통할 줄은 꿈에도 몰랐으니까요."

순간 천산의 말이 무엇을 말하는지 이해할 수 없었다.

'무슨 말이지? 홍무영 장로와 내가 내통을… 아!'

날 습격했던 척살단의 인물들에게 들었던 말이 떠올랐다.

척살단을 이끄는 홍무영 장로가 대종사의 자리를 노리고 있다는 말이었다.

"세상은 생각한 대로 움직이질 않습니다."

"으하하하! 맞는 말입니다. 세상이 생각대로 움직였다면 내가 이런 꼴을 당하지 않았겠지요. 난 강 회장님과 좋은 관계를 맺으려고 했습니다. 한데 강 회장님께서는 감당하지 못할 일을 저지르고 말았습니다. 그에 대한 대가는 치러야겠지요."

어둠 속에서 보이는 천산의 안광은 무시무시했다.

그것은 어둠 속에서 먹이를 노려보고 있는 호랑이의 눈빛과 다를 바가 없었다.

지금까지 상대했던 그 어떤 인물보다 무섭게 느껴졌다.

'바라보는 것만으로도 주눅이 들다니. 시간을 끌어야 해……'

가인이와 박용서 대리의 실력을 알고 있었지만, 왠지 모를 불안감이 온몸을 사로잡았다.

"홍무영 장로는 일 처리가 매끄럽지 않은 것 같습니다. 그분께서 모든 걸 처리한다고 하셨는데 말입니다."

"그걸 다행이라고 생각해야겠습니다. 일 처리가 깔끔했으면 강 회장님을 이렇게 만나지 못했을 테니까요. 한데 어떻게 홍 장로를 끌어들일 수 있었을까요?"

천산은 아직도 홍무영 장로의 배신이 믿기지 않았다.

권력에 대한 욕심은 알고 있었지만, 흑천의 형제자매를 몰살할 정도로 어리석지는 않았기 때문이다.

"홍 장로께서 절 끌어들이신 것이지요. 제게 대산그룹과 한라그룹을 비롯한 미르재단에 속해 있는 기업들을 주겠다고 했습니다."

내 말에 천산의 눈동자가 흔들렸다.

"과유불급(過猶不及)! 욕심은 언제나 일을 망치는 척도입니다. 이제 그 욕심의 대가를 제가 드리겠습니다."

천산이 한 걸음 내딛자 뒤에 있던 박용서 대리와 가인이가 앞으로 나섰다.

"두 사람이 호위입니까?"

천산은 걸음을 멈추고 가인이와 박용서를 유심히 쳐다보았다.

"그렇다고 해야겠죠."

대답을 한 가인이 또한 긴장하는 모습이 역력했다.

"오늘 일을 원망하지 말았으면 합니다. 이곳에 있었다는 것이 불운일 뿐입니다."

천산은 가인이를 유심히 바라보며 말했다.

"이 일대는 이미 포위되었습니다. 순순히 협조하시는 것이 모든 사람에게 이롭습니다."

"하하하! 협조할 단계는 이미 지났느니라."

큰 웃음을 토해낸 천산이 움직였다.

그 움직임이 마치 귀신의 움직임처럼 거리와 공간의 제약이 없어진 듯 보였다.

순식간에 박용서의 앞으로 불쑥 다가온 천산의 손이 앞으로 뻗어왔다.

한데 손이 앞으로 나왔다는 느낌이었을 뿐 그 모양새가 기이했다.

팡!

놀란 박용서가 방어 자세를 취하는 순간 압축된 공기가 터지는 소리와 함께 그의 몸이 허공에 붕 뜨며 뒤쪽으로 날아갔다.

쿵!

바닥에 나뒹군 박용서는 그대로 정신을 잃어버렸다.

단 한 번의 공격에 백야의 인물인 박용서가 쓰러졌다. 도대체 어떤 방법으로 공격했는지 전혀 감을 잡을 수가 없었다.

'뭐지? 뭘 어떻게 한 거야?'

박용서가 쓰러진 순간 심장이 심하게 쿵쾅거리기 시작했다. 천산에서 뿜어져 나오는 듯한 기분 나쁜 기운이 온몸을 옥죄어왔다.

"두 사람 다 생명을 잃어버린 자의 표정을 짓고 있구나. 보이는 고통은 짧고 두려움은 잠시뿐이니라."

천산은 천천히 가인이가 서 있는 쪽으로 걸었다.

"상대는 그쪽이 아니라 나요!"

앞으로 나서며 천산에게 소리쳤다.

"오빠! 나서지 마. 오빠가 상대할 사람이 아니야."

내 말에 가인이는 나를 제지하듯이 내 앞을 가로막았다.

"하하하! 보기 좋은 모습이니라. 누군가를 위해 희생한다는 것은 아름답고 고귀한 것이지. 하나, 오늘 밤은 희생이 그저 무의미할 뿐이니라."

말을 마친 천산은 다시금 가인이 쪽으로 걸음을 옮겼다.

"동시에 공격하자!"

이대로 천산의 공격을 기다릴 수 없었다. 말을 마친 후 천산의 오른편에 섰다.

가인이도 내 말에 동조하듯이 왼쪽으로 이동했다.

"하하하! 좋은 선택이니라. 격렬하게 발버둥 쳐야 작은 희망을 품을 수 있을 테니."

천산은 크게 웃으며 공격을 기다리는 모습을 취했다.

'총을 가져왔어야 했는데……'

권총을 가져오지 않은 것이 후회되었다.

지금 눈앞에 있는 천산은 나와 가인이의 실력으로는 넘볼 수 없는 상대였다.

'여기서 끝낼 수는 없어……'

수많은 생사의 고비를 넘어 여기까지 올 수 있었다. 여기서 생을 마친다는 생각은 들지 않았다.

"차— 아!"

내가 먼저 몸을 날렸다. 단 한 번의 공격에 모든 걸 걸어야만 했다.

"이얍!"

가인이도 천산을 향해 움직였다. 이전에 볼 수 없는 강한 기압이 그녀의 입에서 터져 나왔다.

가인이 또한 이번 공격에 모든 기운을 쏟아부었다.

난 천산의 얼굴을 향해 공중 날아 차기를 펼쳤다. 모든

기운을 쏟아부은 날아 차기는 그 어느 때보다 빠르고 강력
했다.

부― 웅!

빠르게 달리던 가인이는 허공으로 몸을 날린 후 천산의
머리 위로 회전하듯 떨어져 내렸다.

가인이가 익힌 수법 중 가장 강력하고 파괴력이 강한 공
격이었다.

구름 사이로 고개를 내민 창연한 달빛에 비친 가인이의
동작은 아름답기까지 했다.

"인연이 아쉽구나."

가인이의 동작을 본 천산이 탄식하듯 말했다. 그녀는 쉽
게 찾아볼 수 없는 재녀였다.

턱!

탁!

공격이 성공했을 때 들려오는 둔탁한 타격음이 아니었
다.

단순히 날아오는 공을 손으로 가볍게 잡을 때 나는 소리
처럼 들려왔다.

'이럴 수가⋯⋯.'

천산은 자신을 공격하는 내 발을 가볍게 잡아 날 허공에
붙잡아두었다.

'헉! 말도 안 돼⋯⋯.'

천산의 머리를 향해 내리꽂던 가인이 또한 천산의 손에 사로잡혔다.

무슨 수법인지 천산의 손에 사로잡힌 순간부터 온몸에 힘이 들어가지 않은 채 옴짝달싹할 수 없었다.

그리 크지 않은 천산의 체구가 마치 날아가려는 새의 발을 잡고 있는 듯이 우리 두 사람을 허공에 가볍게 들고 있었다.

"좋은 시도였다. 하나, 두려움이 기운의 흐름을 막아서는 안 되느니라. 봄기운에 눈이 녹듯이 기운의 흐름은 어느 때든지 자연스러워야 하니라."

천산은 우리 두 사람을 가르치듯이 말했다.

그의 말이 끝나자마자 천산의 몸이 소용돌이처럼 회전하기 시작했다.

"으윽!"

"아악!"

그와 동시에 우리 두 사람의 입에서 고통스러운 비명이 흘러나왔다.

천산의 손에 잡힌 발을 통해 전해지는 기운이 마치 수천 볼트의 전기에 감전된 것 같은 고통을 주었다.

"우리의 연은 여기까지니라!"

회전이 정점에 이르자 천산은 우리 두 사람을 잡고 있던 손을 놓았다.

이미 가인이는 정신을 잃은 상태였고 나 또한 제정신이 아니었다.

충돌한 자동차에서 튕겨 나가듯 나와 가인이는 중심을 잃은 채 바닥에 내동댕이쳐졌다.

쿵!

우지끈!

'가인이가…….'

땅바닥과 충돌한 나는 그대로 뒤쪽 나무와 충돌하자마자 의식이 끊겼다.

"음, 아쉬워. 좋은 인연이 될 수 있었는데……."

그때였다.

천산의 뒤쪽으로 인기척이 들렸다.

"일은 끝냈는가?"

풍겨오는 기운이 화용성 장로처럼 느껴졌던 천산은 천천히 뒤를 돌아보았다.

하지만 어둠에서 천천히 달빛 아래로 나온 인물은 다름 아닌 송예인이었다.

그녀의 오른손에는 사람 팔처럼 보이는 형체가 들려 있었다.

"네가 그랬니?"

예인이는 정신을 잃고 쓰러져 있는 가인이를 가리키며 물었다. 그녀의 입에서 나오는 차가운 말투는 소름이 끼쳤다.

동굴의 입구 쪽으로 날아가 벽에 충돌한 가인이는 움직임이 전혀 없었다.

"어떻게 너에게서 화 장로의 기운이 느껴질 수가 있느냐?"

천산은 이해가 되지 않았다. 분명 자신이 느낀 기운은 익숙한 화용성 장로의 기운이었다.

"내 말에 답을 하지 않았어. 네가 저렇게 만든 거냐?"

예인이의 입에서 나오는 말투는 쇠가 갈리듯이 듣는 사람이 무척이나 불편한 음색이었다.

"보는 것처럼 이곳에는 나밖에 없느니라. 네 손에 들린 것이 화 장로의 팔이더냐?"

천산은 예인이의 손에 들린 팔을 보며 물었다.

"깔깔깔! 널 갈갈이 찢어 죽일 거야. 넌 해서는 안 될 일을 저질렀어."

우지끈!

분노한 예인이는 복잡한 감정이 깃든 웃음소리와 함께 들고 있던 팔을 부숴 버렸다.

그녀가 들고 있던 팔은 천산의 말처럼 화용성 장로의 잘린 팔이었다.

"놀랍구나. 어찌 그 나이에 이런 광오한 기운을 풍길 수 있단 말이더냐."

천산은 자신의 몸에 칼날이 날아와 박히는 기분이 들었다. 이러한 경험은 단 한 번도 겪어보지 못한 일이었다.

"제일 먼저 너의 눈알을 뽑아서 씹어 먹을 거야. 그다음 너의 혀를 뽑아서 던져 버릴 거고! 그것이 전부가 아니야. 네놈의 손가락과 발가락도 모조리 뽑아줄게."

한 발, 두 발 천산에게 걸어가는 예인이의 모습이 변하고 있었다.

멀쩡했던 두 눈이 그 어느 때보다도 짙은 핏빛으로 변했다. 그리고 변화는 거기서 끝나지 않았다.

환한 달빛에 비친 예인이의 머리카락들도 서서히 붉은빛을 띠고 있었다.

"이런! 네가 마녀였구나."

놀란 모습의 천산은 예인이의 뒤쪽으로 갑자기 나타난 적성(赤星)을 보았다.

적성은 꽃이 만개하듯이 붉은빛을 마음껏 뽐내고 있었다.

천산은 깨달았다. 마녀를 나타내는 적성을 볼 수 없었던 이유에 대해서……

"깔깔깔! 네 덕분이다. 쉽사리 내어주지 않았던 이 몸뚱이를 내가 차지할 수 있게 해주었으니 말이다."

예인이의 목소리는 방금까지 보였던 분노와 슬픔에 잠긴 목소리가 아니었다.

마치 유쾌한 소풍을 나온 소녀의 목소리처럼 들려왔다.

"이럴 수가! 천부와 천혼이 세상에 나온 것이 적성을 막기 위함이었다니. 아! 흑천의 업화(業火)가 적성(赤星)으로 인해 사그라질 줄이야."

그동안 읽지 못한 천기(天氣)를 읽었는지 천산은 한탄하듯이 말했다.

"알아듣지도 못하는 소리를 지껄이지 마. 이제부터 내가 널 수술해 줄 테니까."

섬뜩한 미소를 띤 예인이가 천산을 향해 움직였다.

마치 허공에 디딤돌이 있는 것처럼 단숨에 십여 미터를 날아왔다.

"갈! 너의 뜻대로 되지 않을 것이니라."

천산은 나와 가인이 때하고는 전혀 다른 모습으로 예인이를 상대했다.

마치 그가 입고 있는 옷이 부풀어 오른 것처럼 천산의 도포가 바람에 흩날렸다.

크게 포효하듯 소리를 내지른 천산 또한 땅을 박차고 날아올랐다.

두 사람의 움직임은 용호상박(龍虎相搏)의 모습이었다.

예인이가 손을 뻗는 순간 깡말랐던 천산의 두 손이 튼실한 장정의 손처럼 부풀어 올라 있었다.

퍼퍼퍼퍽! 퍽퍼퍼퍽!

허공에서 두 사람이 교차하는 순간 천산의 손이 십여 차례나 예인이의 몸을 가격했다.

천산의 가공할 공격에 맞서 예인이는 허공에서 춤을 추는 듯한 동작을 보였다.

그녀의 아름답고 기괴한 움직임에 융화된 달빛은 별을 아우르는 밤 그림자를 만들어냈다.

천산의 공격이 분명 명중한 것처럼 보였지만 그가 공격한 것은 예인이가 벗어 던진 옷이었다.

그걸 인식하는 순간 천산은 허공에 뜬 붉은 별을 다시 보았다.

별은 자신을 향해 소용돌이처럼 회전하고 있었다.

"크아악!"

그리고 처절한 비명이 천산의 입에서 튀어나왔다.

*　　　*　　　*

내가 정신을 차린 곳은 병원이었다.

마포에 새롭게 개원한 닉스병원에 부상자들과 함께 입원했다.

난 갈비뼈 4대가 금이 갔고 왼팔에 골절상을 입었다. 내장에도 출혈이 발생했다.

가인이 또한 왼 다리와 오른팔에 골절상을 입었지만, 다행히도 생명에는 지장이 없었다.

천산에게 먼저 당했던 박용서 대리도 두 팔이 부러지는 중상을 입었다.

병원에서는 송 관장도 치료를 받고 있었다. 송 관장 또한 쇄골이 부러지고 갈비뼈에 금이 갔다.

"어떻게 된 일입니까?"

날 바라보고 있는 김만철 경호실장에게 물었다. 그의 왼편 얼굴에 상처가 났는지 큰 반창고를 붙이고 있었다.

"저희가 회장님을 발견했을 때는 가인 씨와 함께 동굴에 눕혀져 있습니다."

"동굴이요?"

"예, 누군가가 옮겨놓은 듯이 반듯하게 눕혀져 있었습니다."

"가인이는 어떻습니까?"

가인이가 무사하다는 소리를 들었다.

"수술을 마치고 안정을 취하고 있습니다."

티토브 정이 내 말에 답했다. 그 또한 왼팔에 붕대를 감고 있었다.

그만큼 흑천의 토벌 작전은 힘겨운 사투였다.

"윽! 천산이 우릴 살려두었다는 게 믿기지 않네요."

침대에서 움직이려고 하자 왼쪽 옆구리에서 심한 통증이 느껴졌다.

나뭇가지가 박혔던 옆구리에도 붕대가 감겨 있었다.

"동굴 근처에서 흑천의 인물로 보이는 몇 구의 시체는 발견했지만 천산의 모습은 없었습니다."

"그럴 리가요. 분명 천산이 저와 가인이를 죽이려고 했습니다. 저희를 그냥 두고 사라지지는 않았을 것입니다."

천산은 크게 분노했고 악에 받쳐 있었다.

흑천을 토벌하는 데 중심이 된 나를 그냥 둔다는 것은 이치에 맞지 않았다.

"누군가와 싸움을 벌인 흔적은 곳곳에 있었습니다만 천산은 볼 수 없었습니다. 그리고 송예인 씨를 찾지 못했습니다. 지금도 찾고 있지만, 흔적이 발견되지 않고 있습니다."

"예? 예인이를 찾지 못했다고요? 크흑!"

김만철의 말에 나도 모르게 벌떡 상체를 세웠다.

"진정하십시오. 지금 태백산 지역을 대대적으로 수색하고 있습니다. 곧 예인 씨를 발견할 수 있을 것입니다."

코사크 대원들과 국내정보팀이 동원되어 예인이를 찾고 있었다.

"크! 꼭 찾아야 합니다."

온몸에서 전해지는 고통보다 예인이의 실종이 마음에 더 큰 아픔을 주었다.

"예. 좋은 소식이 곧 올 것입니다."

"걱정하지 마십시오. 반드시 찾을 것입니다."

나를 걱정스러운 눈으로 바라보는 김만철과 티토브 정은 한목소리로 말했다.

흑천의 본거지는 철저하게 붕괴되었다.

본거지를 탈출한 인물들 대다수 또한 태백산 일대를 포위하고 있던 코사크 대원들에게 사로잡혔다.

하지만 그중 몇몇 인물들만이 포위망을 뚫고 태백산을 벗어났다.

그중 하나가 천산의 살림을 책임지던 화용성 장로였다.

왼쪽 팔이 사라진 화용성 장로는 흑천과 연계된 병원에서 치료를 받고 있었다.

"대종사는 어찌 되셨습니까?"

화용성 장로를 찾아온 사람은 흑천의 호법인 백천결이었다.

백천결의 목소리는 분노로 가득했다.

"저도 잘 모르겠습니다. 대종사를 찾으려고 노력했지만, 상황이 여의치가 않았습니다."

왼쪽 팔이 사라진 화용성 장로의 몰골은 말이 아니었다.

다친 곳은 왼팔만이 아니었다. 온몸 전체가 타박상과 상처투성이였다.

피를 많이 흘린 상황에서 병원까지 온 자체가 기적이었다.

"누가 그런 것입니까?"

"믿지 못하겠지만 홍무영 장로와 풍운 단주가 저지른 일입니다. 그들이 외부와 결탁해서 외국 군대를 끌어들였습니다."

"그 말이 진정 사실입니까?"

두 눈을 부릅뜬 백천결의 눈동자가 심하게 흔들렸다.

"대종사와 제가 두 눈으로 직접 확인한 것입니다. 어찌 그런 무지몽매한 일을 저질렀는지 저 또한 믿기지 않습니다."

화용성은 자신이 지닌 모든 걸 잃어버린 사람처럼 허탈한 표정을 지었다.

"무엇을 얻고자 그런 말도 안 되는 일을 저지른단 말입니까?"

괴멸에 가까운 피해를 입은 흑천이었다.

태백산 일대는 아직도 무장한 군인들이 통제하고 있었고, 외부에서 들어오는 차량들을 경찰들이 동원되어 검문하고 있었다.

"욕심으로 잉태된 권력욕이라는 괴물이 홍무영을 잡아먹은 것 같습니다. 그것 외에는 생각할 만한 이유가 떠오르지 않습니다."

"아무리 권력에 대한 욕심이 강하다고 해도 형제들을 다 죽이고 나서 대종사에 오른다면 무슨 소용이 있다는 것인지⋯⋯."

아무리 생각해도 이해가 잘 되지 않았다.

홍무영 장로가 권력에 대한 욕심이 강하다고는 하지만 흑천이 사라질 정도의 위기를 자초한 지금 아무것도 남지 않을 수 있었다.

흑천이 사라진 이후에는 홍무영 장로가 할 수 있는 일이 없게 되기 때문이다.

"미르재단과 그를 따르는 인물들로 다시 시작할 수 있습니다. 홍무영의 야심을 얕잡아본 결과가 너무 참담할 뿐입니다."

"답은 여기서 찾을 수 없겠습니다. 홍무영과 풍운에게 직접 들어야겠습니다. 만약 그들이 저지른 일이라면 어리석은 일에 대한 대가를 반드시 받아내야겠지요."

풍운이 이미 이 세상 사람이 아니라는 것을 백천결은 알지 못했다.

＊　　　＊　　　＊

무슨 이유인지 풍운을 비롯한 척살단 대원들과 연락이 되지 않았다.

"본산에 간 재명은 아직 연락이 없느냐?"

풍운 단주와 연락이 되지 않자 함께 있던 척살단의 대원인 재명을 태백산으로 보냈다.

"예, 연락이 오지 않았습니다. 한데 다른 인물들도 연락이 이루어지지 않고 있습니다."

지금 홍무영 장로와 함께하는 인물은 그를 수행하는 문선민뿐이었다.

"도대체가 무슨 일이 벌어졌기에 연락이 다 끊긴 것인지……."

그동안 큰 피해가 있었던 척살단의 인물들을 보충하기 위한 작업이 진행 중이었다.

척살단에 새로운 인원들을 받아들이기 위해서 활동 중인 대다수의 척살단원이 본산으로 들어갔다.

척살단에는 척살단원들의 추천과 그를 추천한 인물과의 대련을 통해서 새로운 인물을 뽑는 전통이 있었다.

"저희도 본산으로 들어가야 하는 것이 아닌지 모르겠습니다."

"음, 오늘까지 재명이의 연락을 기다려 보고 움직여야겠다."

"예, 알겠습니다."

알 수 없는 불안감이 태백산으로 향하는 것을 주저하게 만들었다.

이러한 불안감은 지금껏 겪어보지 못한 느낌이었다.

그 느낌이 서울을 떠나지 말라고 강하게 전달하는 것만 같았다.

* * *

흑천과 연계되었던 미르재단의 조사를 위해 국가안전기획부가 움직였다.

김대중 대통령이 당선되자마자 안기부에서는 대선에 개입한 인물들을 솎아내기 위한 대대적인 인적 쇄신이 일어났다.

자살로 생을 마친 서범준 제2차장과 연관된 인물들 모두가 안기부를 떠났고, 대선에 깊숙이 개입해 불법을 저지른 요원들은 체포되어 처벌을 받았다.

안기부에 이어서 검찰과 경찰 쪽에서도 미르재단과 연관된 인물들에 대한 조사가 이루어지고 있었다.

이러한 움직임 때문인지 미르재단과 선을 긋는 인물들이 늘고 있었다.

"태백산에서 체포된 인물들 모두를 러시아로 보냈습니다."

티토브 정의 보고였다.

흑천의 인물들을 국내에 머물게 할 수 없었다. 그들 모두 야쿠츠크의 코사크 교도소로 보냈다.

야쿠츠크의 코사크 교도소를 더욱 확장해 흑천의 인물과 CIA 쪽 인물들을 별도로 수감했다.

"잘하셨습니다. 대원들의 치료는 어떻게 진행되고 있습니까?"

코사크 타격대와 전투부대는 이번 토벌 작전으로 적지 않은 희생을 치렀다.

"경상자들은 닉스병원에서 간단한 치료를 받은 후에 러

시아의 소빈메디컬에서 치료를 받을 예정입니다. 중상자들은 닉스병원에서 치료를 마친 후 러시아로 후송되어 재활 훈련에 들어갈 것입니다."

김만철 경호실장의 대답이었다.

"부족함 없이 치료를 해주어야 합니다. 자신의 조국도 아닌 나라를 위해서 희생한 일이니까요."

"예, 닉스병원에서도 최우선으로 치료를 진행하고 있습니다."

새롭게 개원한 닉스병원은 한강 변이 훤히 보이는 곳에 자리 잡은 병원으로 국내 최대 병상수와 최첨단 의료 장비를 갖춘 병원이었다.

국내의 저명한 의사들을 영입하여 질병에 대한 치료와 연구를 병행하는 병원으로 소빈메디컬과 DR콩고의 닉스병원과 협력 관계를 맺고 있었다.

치료를 받는 사람들은 물론 의사와 간호사들도 최적의 환경에서 근무하도록 지원했다.

"사망한 대원들에 대한 보상은 어떤 식으로 진행하지?"

토벌 작전을 이끈 코사크의 일린에게 물었다. 일린은 코사크의 타격대를 책임지고 있었다.

"유가족에게 미화 15만 달러와 거주할 주택, 자녀들에 대한 학비와 직계가족들에 대한 연금이 지급됩니다."

코사크 대원들이 작전 중 사망할 때 일시에 지급하던 금액이 10만 달러에서 15만 달러로 늘었다. 이 금액만으로도 러시아에서는 충분히 살아갈 수 있었다.

더욱이 남은 가족들은 월급으로 지급되던 금액의 70%를 매달 연금으로 받는다.

"20만 달러를 지급하게. 그들의 희생 때문에 이 나라가 바로 설 수 있었으니까. 부상자들과 작전에 참가한 대원들에게도 보너스를 지급해."

"예, 알겠습니다."

일린은 미소를 지으며 말했다.

러시아에선 이처럼 직원들에 대한 지원과 남은 가족들에 대한 대책이 수립된 회사가 없었다.

살아갈 집은 물론이고 먹고사는 문제를 코사크가 모두 책임지고 있었다.

"그리고 수색 중에 흑천의 본거지에서 상당량의 금괴와 외화가 발견되었습니다."

김만철의 말처럼 금괴와 발견된 외화는 달러화와 엔화였다.

계속해서 흑천의 본거지에 대한 수색이 이루어지고 있었다.

"어느 정도나 됩니까?"

"금괴와 외화를 합해 대략 250억 원이 조금 넘습니다."

"그 금액 모두 코사크의 지원 자금으로 사용하십시오."

흑천의 재산 모두를 임의로 처리할 수 있는 재량을 정부로부터 이미 받아놓았다.

"말씀대로 추진하겠습니다."

"예인이의 행방은 아직도 알아내지 못했습니까?"

"예, 아직 흔적을 발견하지 못했습니다. 국내 정보팀을 총동원해서 찾고 있습니다. 조만간 행방을 알 수 있을 것입니다."

5일 동안 태백산 주변 일대를 이 잡듯 뒤졌지만 예인이의 모습은 찾을 수 없었다.

수색하는 동안 흑천의 인물로 보이는 시체들을 찾았지만 예인이는 그 어디에도 없었다.

지금도 별도의 수색팀이 태백산 일대를 뒤지고 있었다.

"후! 빨리 찾아야 합니다. 필요하면 경찰의 도움을 요청하십시오."

병원에서 치료를 받는 와중에서도 예인이의 생각이 떠나지 않았다.

가인이도 예인이에 대한 걱정으로 잠을 이루지 못하고 있었다.

혹시나 돌발적인 행동을 보인 예인이의 모습에서 다른

인격체의 영향을 받은 것이 아닐까 하는 마음이 들기도 했다.

"예, 최선을 다하겠습니다."

김만철은 내 마음을 잘 알고 있었다.

$$* \qquad * \qquad *$$

"죄송합니다. 아직 예인이를 찾지 못했습니다."

닉스병원에 함께 입원해 있는 송 관장에게 예인이의 상황에 관해 이야기했다.

"너무 걱정하지 마라. 예인이는 생각보다 강한 아이야. 이른 시일 안에 우리에게 돌아올 거야."

송 관장은 오히려 날 위로하듯 담담하게 말했다. 하지만 그의 눈동자는 무척이나 걱정스러운 눈빛을 담고 있었다.

"제가 너무 안일하게 일을 벌인 것이 아닌가 생각됩니다."

흑천의 토벌 작전을 진행하지 않았다면 예인이가 실종되지 않았을 것이라는 생각이 머릿속을 떠나지 않았다.

"아니야. 먼저 움직이지 않았다면 우리가 위험에 빠졌을 거야."

흑천 또한 대선 이후 김대중 대통령을 지원했던 나를 노렸다.

"어떠한 일이 있든지 예인이를 꼭 찾겠습니다."

"그래, 태수 네가 한 말은 언제나 이루어졌으니까. 그리고 가인이를 잘 위로해 줘."

송 관장은 내 어깨를 두드리며 말했다.

그의 말처럼 예인이의 실종에 누구보다도 가인이의 상실감이 컸다.

Chapter 10

병원에서 지내는 동안 가인이는 말이 사라졌다.

쉽게 찾을 거라고 여겼던 예인이가 어디로 사라졌는지 모습을 찾지 못하자 말수가 부쩍 줄어든 것이다.

태백산 주변 지역을 이 잡듯 샅샅이 뒤졌지만 예인이를 목격한 사람조차 찾지 못했다.

경찰에 실종신고를 한 상태였고 경찰에도 특별 지시를 통해 전담팀이 구성되었다.

안기부에도 협조를 요청했고, 국내 담당 차장으로 진급한 박영철 차장이 적극적으로 도와주기로 했다.

국내 정보팀은 별도의 팀을 구성해 예인이를 계속 찾고 있었다.

"미안해."

다른 말이 필요가 없었다. 아니, 어떤 말을 해야 할지 떠오르지 않았다.

모든 것이 나 때문에 벌어진 일이기 때문이다.

"꼭 찾아."

가인이는 병원 밖으로 보이는 한강을 바라보며 말했다. 가인이 또한 다른 말이 필요 없었다.

"어떤 방법을 동원해서라도 꼭 찾을게."

내가 가진 모든 힘을 동원해서라도 반드시 찾아야만 했다.

*　　　　*　　　　*

흑천의 본거지가 쑥대밭이 된 이후 미르재단의 행보도 달라졌다.

미르재단이 사용하던 사무실이 폐쇄되었고 직원들도 출근하지 않았다.

미르재단을 이끌던 황만수 이사장은 정관계 로비 혐의와 대통령 선거 때 저지른 불법행위로 검찰에 구속되었다.

그의 방패막이가 되었던 언론과 정치 관계자들은 황만수의 구속에 아무런 목소리를 내지 않았다.

그에게 고개를 숙였던 인물들 모두 황만수를 모르는 사람처럼 행동했다.

정치권의 구속은 황만수만이 아니었다.

수도권 일대에서 벌어졌던 신문 배송 차량의 교통사고에 개입된 국회의원과 경찰 간부도 체포되었다.

그들 모두 천복이라는 사이비 종교에 빠져 대통령 선거에 개입해 불법적인 여론 조작과 신문 배송 차량을 막아서는 일에 적극적으로 가담했다.

그들 모두 미르재단과 연관된 인물들이었다.

검찰과 경찰 조직의 인사에서도 미르재단에 소속되었던 인물들 모두가 낙마하거나 옷을 벗었다.

이미 미르재단에 속했던 회원 명단이 김대중 대통령 손에 전달된 상태였다.

회원들의 명단은 오로지 대통령만 알고 있었고 최측근들에게도 보여주지 않았다.

정관계 쪽에서도 미르재단에 속했던 인물들이 하나둘 정리되고 있었다.

최악의 상황을 맞이했던 한국 경제는 3월부터 환율이 안정되고 주가의 하락세도 멈춰 섰다.

하지만 산업 생산의 둔화와 대규모 실업 사태가 본격적으로 시작되고 있었다.

국제통화기금(IMF)과의 합의 이행으로 고통스러운 구조 조정 과정이 시작되어야 하기 때문이다.

한편으로 개인 사업자를 포함한 기업의 총부채가 1천조에 이른다는 보고서가 나온 상황에서 국내 경기는 장기 불황에 빠져드는 것이 아닌가 하는 우려들이 나오고 있었다.

1천조의 부채는 1996년 국내총생산(GDP)의 1.9배에 이르는 액수였다.

이러한 상황에서 기업들은 살아남기 위해 자산 매각에 열중했다.

평균 20%에 달하는 고금리인 상황에서 이러한 금리 상태가 지속된다면 연간 이자 부담만 180조~200조 원에 이를 터였다.

"한국 기업들의 생존을 위해서는 현금 유동성 확보뿐만 아니라 어떤 사업 부문을 버리고 계속할 것인가에 관해 결정해야 합니다."

닉스경제연구소를 이끄는 김선범 원장의 보고였다.

"빅딜이 필요하다는 말씀입니까?"

"예, 국내 기업들은 지금껏 불필요한 사업에 과도한 투자와 문어발식 경영을 통한 확장 성장을 이끌어왔습니다. 하지만 이제부터는 전문적이고 뛰어난 기술을 가진 사업체를 이끌지 않는다면…… 더구나 평균 환율을 1,340원으로 가정하고 평균 금리를 18%로 할 때 국내 제조업 전체의 적자 규모는 17조 원대에 이를 것입니다."

현재 미 달러 환율은 1,569원대였다.

"우리는 회장님의 말씀대로 반도체와 석유화학 쪽으로 치중해야 할 것입니다. 정부의 의중에 따라 그룹들의 주력 계열사를 5~6개로 줄이는 구조조정 작업을 본격화하고 있습니다. 현재 석유화학 업체들은 대한유화 등 몇몇 업체를 제외하고는 모두 재계 순위 10위권 이내의 그룹을 모체로 하고 있습니다. 문제는 석유화학 업종의 위상이 그룹 내 주력과는 거리가 멀기 때문에 석유화학 분야가 매물로 나오거나 빅딜의 대상이 될 공산이 아주 큽니다."

김동진 비서실장의 이야기였다.

그의 말처럼 현대와 삼성, LG 등이 석유화학 회사를 계열사로 가지고 있었다.

이미 닉스홀딩스는 삼성에서 반도체를, 한화에서는 한화에너지를 인수했다.

"김 비서실장님의 말처럼 현대, 삼성, SK, 한화, 대림산업, LG 등이 석유화학 계열사를 두고 있습니다. 문제는 내수시장이 급속히 냉각된 상황에다가 수출도 한계가 뚜렷하기 때문에 수익성이 빠르게 떨어지고 있습니다. 석유화학 산업은 합치면 합칠수록 경쟁력이 생기기 때문에 다른 석유화학 업체를 인수 합병해 규모를 더 키우는 방법으로 돌파구를 찾거나, 외국 기업과의 합작을 통한 국제경쟁력을 확보해야 하지만 해당 기업들은 그럴 만한 자금의 여력이 없습니다."

닉스케미컬을 이끄는 정헌권 대표의 말이었다.

"석유화학 업체들은 그동안 해당 그룹의 자금력을 동원해 시설 경쟁을 벌여왔지만, 이제는 그룹 차원에서 빅딜을 하지 않으면 공멸할 위기에 처해 있습니다. 장기적인 관점에서 2~3개의 업체로 재편되어야만 국제적인 경쟁력을 갖출 수 있습니다."

김선범 원장이 말을 이었다.

"그럼 어느 회사와 접촉하는 것이 좋을 것 같습니까?"

"제 생각에는 현대와 삼성, 그리고 LG 쪽을 인수할 가능성이 큽니다. 현대그룹은 현대정유와 현대석유화학이 에너지와 화학 분야의 일관 체제를 갖추었지만, 그룹 주력사를 5개 안팎으로 정해야 하는 상황에서 자동차, 중공업, 전자, 건설, 금융 등 핵심 사업 부문과 비교하면 석유화학 부문이

서열에서 밀리는 상황입니다. 이는 삼성과 LG도 마찬가지 상황입니다."

정현권 대표의 말이었다.

"예, 저도 정 대표님의 생각과 동일합니다. 삼성은 삼성종합화학, 삼성석유화학, 삼성정밀화학, 삼성BP화학 등 석유화학 부문에서 4개의 계열사를 거느리고 있지만, 다른 계열사에 비해 석유화학 업종의 위상이 딱 부러지지 못합니다. 더구나 현대나 LG처럼 정유 사업과 일괄생산 체제를 갖추지 못했습니다. LG는 정보전자소재 산업과 생명공학 분야에 치중한다는 방침을 내부적으로 정한 것 같습니다. 이 때문에 석유화학 쪽을 점진적으로 축소할 것 같습니다."

LG그룹은 석유화학 부문은 규모를 더 키울 생각도, 더 투자할 계획도 없었다.

현재 진행 중인 그룹 구조조정에서 비전이 없다고 판단되는 사업 분야는 과감히 철수할 것이라고 밝혔다.

대기업들은 현금 확보에 사활을 걸고 있었지만, 반도체를 닉스홀딩스에게 넘긴 삼성그룹만이 자금 흐름에 숨통이 트였을 뿐이다.

"좋습니다. 해당 기업들과 접촉해서 가격과 인수 조건을 확인하십시오. 어려운 올해가 지나면 석유화학 분야는 다시금 성장해 나갈 것입니다. 이 기회를 통해서 닉스케미컬의 경쟁력을 더욱 강화해 나가야 합니다."

석유화학 시장은 경제 성장과 소득 수준에 따라 수요가 결정되는 특징을 가지고 있다.

동남아시아와 한국의 경제가 어려워진 상황에 놓이자 국내 석유화학 시장은 돌파구를 찾아야 하는 어려운 상황에 놓였다.

더구나 중복 투자가 이루어진 국내 석유화학 회사들은 품질 차별화 여지가 적어 낮은 원가가 가장 중요한 경쟁력이었다.

한마디로 투입 원료 가격이 원가의 가장 큰 부분을 차지한다.

이 때문에 석유화학 산업은 규모의 경제와 생산 효율성 향상을 통한 원가 절감도 경쟁력 유지의 중요한 부분이며, 대규모 산업 단지에 집적될수록 유리하다.

또한 최신 설비를 활용할수록 경쟁력 우위를 확보할 수 있었다.

닉스케미컬은 이 모든 상황을 비춰볼 때 가장 앞선 기업이었다.

* * *

병원에서 나오자마자 계열사의 핵심 사업들을 점검했다.

블루오션반도체는 삼성전자에서 인수한 반도체 공장에 3,500억 원을 투자한다는 발표를 했다.

현재 시장의 주력 제품인 64메가 D램에서 256메가 D램으로 넘어가는 과정이었다.

256메가 D램의 신규 제품을 생산하기 위해서는 적어도 1조 원 이상의 투자가 더 진행되어야 했다.

투자가 목말랐던 정부는 블루오션반도체의 투자에 대해 사업 규제를 완화하고 전기세 지원과 지방세를 감면해 주겠다며 환영했다.

기업들의 투자가 얼어붙은 상황에서 나온 블루오션반도체의 투자 발표는 치킨게임으로 진행되고 있는 반도체 전쟁에서 승리하기 위한 선제 투자였다.

"현재 투자 여력을 갖춘 국내 회사는 없습니다. 일본의 NEC와 히타치, 그리고 후지쓰도 투자를 확대하지 않을 것으로 예상됩니다. 더구나 후지쓰와 히타치는 메모리 시장에서 철수할 준비를 하고 있습니다."

블루오션반도체의 한주한 전략사업부 이사의 보고였다.

1990년대 전 세계 D램 제조사는 26개나 되었다.

중복 과잉투자와 대만 기업들의 참여로 메모리 반도체

시황이 급격히 나빠졌고 가격 폭락 현상이 일어났다.

이로 인해 후지쓰와 히타치가 먼저 D램 생산 축소를 준비하고 있었다.

"후지쓰와 히타치는 D램 반도체의 수익성이 감당할 수 없을 정도로 악화되면서 2000년부터 유럽 공장 가동을 중단하고 대신 가전제품용 컴퓨터 부품을 생산할 예정인 것으로 파악되었습니다. 두 회사는 작년 반도체 부문에서만 수백억 엔 규모의 영업 적자를 기록했습니다. 이에 따라 일본의 D램 생산 기지는 일본과 미국 등 2국 체제로 재편될 예정입니다."

"생산이 중단되는 나라는 어디입니까?"

"후지쓰는 영국 내 자회사인 후지쓰마이크로일렉트로닉스에서 4메가비트와 16메가비트 D램을 매월 250만 개씩 생산해 왔습니다만 올해부터 4MB D램의 생산을 중단할 예정입니다. 히타치는 현재 독일 내 자회사인 히타치세미컨덕터에서 16메가 D램 반도체를 생산하고 있습니다. 올해부터 64메가 D램을 본격적으로 생산할 계획이었지만 투자가 취소되어 생산이 불투명해졌습니다."

두 회사는 이미 올 1월 메모리 가격의 폭락 여파에 따라 일본 내 8개 공장의 생산 라인 가동을 2주 동안 중단했었다.

이와 같은 생산량 감산은 메모리 시장의 주력인 16메가 D램과 64메가 D램의 가격이 유례없는 공급과잉으로 좀처럼 회복되지 않고 있었기 때문이다.

이는 후발 업체인 대만 반도체 기업들이 본격적인 D램 생산에 돌입한 영향이 컸다.

일본 반도체 기업들은 올해 반도체 투자 계획을 작년보다 40% 이상 줄이려는 움직임을 보였다.

97년 말 세계 반도체 시장 점유율에서 삼성전자가 18.8%였고, 그 뒤를 일본의 NEC가 12.1%, 그다음 현대전자로 9%, 히타치가 8.2%, 미국의 마이크론이 7.9%, LG반도체가 6.7%, 블루오션반도체가 5.2%였고 나머지는 대만 업체와 기타 업체들이 차지했다.

하지만 지금은 삼성전자의 반도체 분야를 인수한 블루오션반도체가 24%를 차지해 부동의 1위에 올라섰다.

"음, D램 전망은 어떻습니까?"

"현재 저희 블루오션반도체와 일본의 NEC는 64메가 D램 시장에 먼저 진입하여 시장을 장악한 상태입니다. 후발 주자인 현대전자와 LG반도체, 후지쓰, 미쓰비시, 히타치는 선두 업체인 저희를 잡기 위해 막대한 시설 투자를 진행했지만, 64메가 D램의 생산을 제대로 하기도 전에 공급 물량을 줄어야 하는 상황에 놓였습니다. 현재 64메가 D램의 판매

가격은 개당 11달러이지만 생산 가격은 업체별로 12∼13달러에 이르고 있습니다. 이 때문에 생산하여 판매할수록 손해가 나는 실정입니다. 시장에서 요구하는 것보다 15% 정도 공급과잉인 상황에서 후발 업체들은 생산량을 줄이면 경쟁 구도에서 탈락할 것을 우려하여 이러지도 저러지도 못하는 상황입니다."

블루오션반도체와 NEC는 64메가 D램의 생산을 후발 업체보다 먼저 시작했기 때문에 가격 조건이 좋았을 때 상당한 이익을 보았다.

현재 블루오션반도체는 64메가 D램을 월 1천만 개 생산 중이었고, NEC는 월 6백만 개를 생산하고 있었다.

D램 가격의 회복을 위해서는 업체마다 적어도 20%의 물량을 감산해야만 하는 실정이다.

"우리가 먼저 나서서 감산을 이야기할 필요성은 없습니다. 이제 본격적인 치킨게임에 들어섰으니까요. 128MB 플래시 메모리 일정은 어떻게 진행되고 있습니까?"

블루오션반도체는 노트북PC와 디지털카메라에 사용되는 128MB 플래시 메모리를 세계 최초로 개발했다.

플래시 메모리는 전원이 꺼지는 경우에도 기억된 정보가 지워지지 않는다.

"예, 이번 주에 개발에 대한 공식 발표가 있을 예정입니

다. 생산 설비를 갖추는 올 10월부터 본격적인 생산에 들어
갈 것입니다. 생산에 들어가는 즉시 미국과 일본에 수출할
예정이며……."

세계 플래시 메모리 시장을 주도하는 미국의 인텔과
AMD, 그리고 일본의 후지쓰 등을 앞서는 쾌거였다.

현재 메모리 플래시 시장 규모는 28억 달러였지만 2000년
에는 55억 달러를 넘어설 것이다.

한편으로 블루오션반도체는 256메가 D램의 개발과 시험
생산을 끝내고 내년 초 본격적인 양산 체제 준비를 하고 있
었다.

막대한 자금이 들어가는 반도체 생산 시설 투자에 블루
오션반도체는 4조 원의 현금을 준비해 두었다.

치킨게임의 승패가 서서히 드러나고 있는 지금, 일본과
대만의 반도체 기업들에 결정적인 한 방을 먹이기 위한 준
비 작업이 차근차근 준비되고 있었다.

Chapter 11

어두운 그림자가 드리운 대산그룹의 이대수 회장은 일절 외부 활동을 자제하고 있었다.

미르재단의 황만수 이사장을 비롯하여 민주한국당의 핵심 의원 세 명이 비리와 이권 청탁으로 구속되었다.

이대수 회장은 지금까지 미르재단과 민주한국당의 대선 후보였던 한종태 당대표에게 1,600억 원 상당의 후원금을 지급했다.

황만수가 구속된 지금 이러한 불법적인 지원금이 문제가 될 수 있었다.

더구나 정권이 바뀌자마자 불어닥친 사정 바람으로 대산 그룹과 유대 관계가 깊은 정관계 인사들이 대거 낙마하거나 옷을 벗었다.

특히나 2월 28일 정부조직법을 개정하여 재정경제원이 폐지되고 재정경제부로 개칭되면서 이대수 회장과 가까웠던 재경원 관계들도 상당수 자리를 보전하지 못했다.

"음, 우리와 관계를 맺었던 인사들이 철저하게 배제되었어. 마치 그들과 우리의 관계를 다 알고 있다는 듯이 말이야."

"예상은 하고 있었지만, 이 정도까지 물갈이가 될 줄은 몰랐습니다. 이번 인사에서 살아남은 인물들도 대부분 한직으로 발령이 났습니다."

이대수 회장의 말에 정용수 비서실장이 동조하듯 말했다.

그의 말처럼 쌀에서 쌀벌레만을 골라내듯이 대산그룹과 연관된 정관계 인사들이 주요 보직에서 배제되었다.

"음, 우리에게 경고를 보내는 거야. 납작 엎드려 있으라고 말이야. 정주영 회장도 이전 정권에 밉보여 얼마나 고생을 했어."

제14대 대통령 선거에 출마했던 정주영 회장의 현대그룹은 김영삼 정부 시절 적잖은 갈등과 함께 큰 어려움을 겪었다.

"현 정부의 의중에 발맞추기 위해 최소한의 인원 감축을 진행하고 있습니다. 삼성은 전체 인원 중 30%를 구조조정한다고 합니다."

새로운 정부는 기업들의 재무 개선을 요구하면서도 인원에 대한 구조조정은 최소화하길 원했다.

실업자가 넘쳐나는 것은 새롭게 출발하는 김대중 정부에 있어 적잖은 부담이 되기 때문이다.

"삼성은 반도체를 팔아 충분한 자금을 마련했는데도 문제가 있다는 건가?"

"신규로 진출한 자동차 쪽에서 생각했던 것보다 적자 폭이 커진 것 같습니다. 더구나 삼성자동차가 예상했던 것보다 신차 판매가 부진해 올 판매 목표를 8만 대에서 6만 대로 낮췄습니다. 부채도 2조 6천으로 늘어나 부채비율이 315%로 커졌습니다."

"이 회장이 생각했던 대내외 상황이 백팔십도로 바뀌었으니까. 포드와 합작한다는 말이 들려오던데?"

"예, 미국의 포드자동차와 자본 출자를 포함한 전략적 제휴를 논의 중인 거로 알고 있습니다. 삼성자동차 문제가 풀려야만 삼성도 한숨 돌릴 것입니다."

"음, 다들 살아남기 위해 발버둥을 치고 있으니까. 대산식품과 필립스코리아의 처리는 어떻게 되어가고 있나?"

대산그룹은 두 회사를 매물로 내어놓았다.

종합식품회사인 대산식품은 꾸준히 흑자를 내는 회사였지만 필립스코리아는 시티폰 사업의 실패로 큰 적자를 기록했다.

시티폰은 지역 사업자들의 사업권 반납으로, 한국통신으로 단일화되어 전담 운영하게 되었다.

출력이 100㎽로 확대되어 통화 품질이 나아진 시티폰은 재기의 발판을 마련하기 위해, 시티폰과 노트북PC를 연결해 컴퓨터로 작성한 문서나 자료를 무선으로 전송하는 무선데이터 통신이나 방범 서비스까지 제공하는 멀티폰으로 거듭나려는 중이었다.

"대산식품은 농심 쪽에서 관심을 보이고 있습니다. 하지만 필립스코리아는 아직 뚜렷한 인수 기업이 나타나지 않고 있습니다. PCS폰의 시장 진입이 경쟁 업체보다 늦어지고 뚜렷한 인기 기종이 없는 것이 문제인 것 같습니다."

필립스코리아는 시티폰에 치중하는 바람에 PCS폰 진출이 한발 늦었다.

부랴부랴 내어놓은 단말기도 디자인과 기능이 평범해 시장에서 크게 주목을 받지 못하고 있었다.

"자기 밥그릇만 챙길 줄만 알지 다들 미래를 내다보는 안목이 없어. 기술력을 떠나 선택과 집중에서도 경쟁 업체에 모두 뒤처졌잖아. 후! 어느 때부터인가 대산에 인재가 사라졌다는 생각이 들어."

이대수 회장은 한탄하듯이 말했다.

2년 전부터 대산그룹이 진행했던 사업들이 본 궤도에 오르기도 전에 좌초하거나 경쟁사에 밀리는 모습을 보였다.

"조금은 안일했던 것은 사실이었습니다. 하지만 크게 늦은 것은 아니라고 생각됩니다. 부실을 털고 구조조정이 성공하면 지금보다 뛰어난 경쟁력을 갖추게 될 것입니다. 많은 기업들이 무너지는 상황에서 살아남은 기업에게 돌아갈 파이도 커지고 있습니다. 그리고 내년에는 중호도 돌아오지 않습니까."

"확실하게 부실을 떨쳐내야 해. 안일하게 대처했다가는 대명이나 보영그룹처럼 될 테니까."

정용수 비서실장의 말에 이대수 회장의 일그러진 표정이 조금은 펴졌다.

대산그룹은 유통과 건설, 중공업, 금융, 정보통신에 집중하기로 했다.

경쟁 업체들이 쓰러지는 상황에서 살아남은 기업에게는 지금보다 더 큰 이익을 얻을 수 있는 시장이 열리고 있었다.

한라그룹의 정문호는 직장을 잃었다.

한라그룹이 역량을 집중했던 에너지 사업이 그룹의 재무 개선을 위해 닉스에너지로 넘어가자 정문호는 회사에 출근하지 않았다.

현재 한라그룹은 핵심 기업들을 하나둘 팔아가면서 힘겹게 버티고 있었지만, 한계에 달한 상황이었다.

더구나 한라그룹이 자행했던 불법적인 노조 탄압이 언론에 집중 조명되고 있었다.

한편으로 정태술 회장의 불법 자금을 보관했던 사위들이 횡령죄로 검찰에 구속되는 사태까지 벌어졌다.

사위를 고소한 인물은 다름 아닌 정태술 회장이었다.

"시발! 이거 집안 꼴이 아주 개판이야."

정문호는 위스키가 가득 담긴 술잔을 들어 올리며 말했다.

"우리 집도 별반 다를 것이 없다. 부자가 망해도 3대는 먹고산다는데, 변호사 비용으로 다 나갈 판이다."

부도가 난 대용그룹 한문종 회장의 아들인 한종우가 말

했다. 그 또한 그룹이 부도로 이어지자 집에서 쉬고 있었다.

대용그룹을 이끌던 한문종 회장은 배임과 횡령, 그리고 뇌물로 검찰에 구속되었다.

거기에다 불법 대선자금까지 연루된 상황이었다.

불법 대선자금 수사는 보영그룹과 대명그룹, 한라그룹, 대산그룹으로 확대되고 있었다.

이들 그룹 모두 미르재단과 연관된 그룹이었다.

"좆같은 한국을 빨리 떠났어야 했는데."

보영그룹의 후계자였던 김명수가 신경질적으로 말을 뱉었다.

단기차입금으로 공격적인 투자를 진행했던 보영그룹 또한 부도로 이어졌고, 그 여파로 김상춘 회장이 중풍으로 쓰러졌다.

보영그룹은 김상춘 회장과 가족들이 가지고 있던 모든 주식을 법정 관리를 위해서 내어놓았고, 그의 부인 명의로 되어 있는 작은 호텔만 남았다.

"넌 호텔이라도 가지고 있잖아. 우리 꼰대는 매형이라는 새끼들 때문에 노후자금을 다 날릴 판이야. 시바! 돈 앞에서는 가족도 없더라."

"돈 있고 가족이 있는 거야. 호텔은 엄마 명의인데, 잘난 우리 어머니께서 병원에 누워 있는 아버지하고 갈라선단다. 문제는 아버지가 회사를 정리하기도 전에 쓰러지셔서 제대로 챙기지도 못했다. 그리고 나 미영이하고 이혼할지 모른다."

김명수는 목이 타는지 술잔에 가득 따른 위스키를 단숨에 들이켰다.

김명수는 작년에 상명그룹을 이끄는 이진영 회장의 장녀인 이미영과 결혼을 했다.

"왜? 그나마 죽이 잘 맞았잖아."

"다른 이유가 뭐 있겠냐. 우리가 쫄딱 망했다는 거지."

"상명그룹도 도긴개긴 아니야. 거기도 위태위태하잖아?"

"쓰바! 우리 장인어른께서는 뒷구멍으로 잘 챙겨놓으셨단다. 거기다가 아버지가 쓰러져서 저러고 있는 것 때문에 자기 딸내미 고생시키기 싫다는 거지."

"정말 좆같이 나오네. 이혼해 버려, 애도 없잖아."

김명수의 말에 정문호가 기분 나쁘다는 표정을 지으며 말했다.

"그럴 생각이다. 시바! 이런 생활도 이제 못 하겠지."

세 사람이 모이면 하루에 술값으로 몇천만 원씩 흥청망청 썼다. 하지만 이제 돈이 나올 만한 구멍이 사라져 버렸다.

"그렇게 말이다. 후— 우! 한 달에 오백 갖고 어떻게 살라고. 정말 미치겠다."

한종우의 말에 정문호가 큰 한숨을 내쉬며 말했다.

한 달에 수천만 원을 쓰던 정문호에게 정태술 회장은 용돈을 줄였다.

"다들 신세타령하려고 모인 것 같잖아."

두 사람의 이야기에 김명수가 쓴웃음을 지으며 말했다.

"갈 데도 없고 방구석에 있자니 답답해서 나왔는데, 이거 술을 마셔도 답답할 뿐이다. 애들이나 부르자."

"기분도 꿀꿀하고 그런데, 술집 애들 말고 간만에 일반인이나 데리고 놀자. 기분 전환도 할 겸."

한종우의 말에 정문호가 의견을 제시했다.

"어딜 가려고?"

"닉스하얏트가 끝내주게 바뀌었다는데."

남산의 그랜드 하얏트를 인수한 닉스호텔은 대대적인 리모델링을 진행해 객실과 수영장을 확대하고, 제이제이 마호니스를 새롭게 단장해 개장했다.

이름을 마호니스로 줄인 클럽에 댄스 플로어를 넓혔고 최신 음향 시설과 조명 시설을 비롯하여, 유럽과 미국에서 활동하는 유명 디제이를 섭외해 금요일과 토요일에 댄스파티를 열었다.

자체적인 하우스 밴드를 갖추게 되어 라이브 재즈 공연까지 펼치자 마호니스에 사람들이 몰려들고 있었다.

"문호 말처럼 차라리 그게 낫겠다."

"그래, 이곳에서 죽상들 하면서 술을 빠는 거도 재미없다. 가자! 가서 신나게 즐겨보자."

정문호의 말에 두 사람이 호응하며 자리에서 일어났다.

술집에서 나온 세 사람은 한종우의 벤츠를 타고 닉스하얏트에 도착했다.

경제가 어려운 상황인데도 토요일 저녁의 마호니스에는 사람들로 가득했다.

"이야! 확 달라졌는데."

호텔의 전경과 주변 모습이 더욱 멋지게 바뀌어 있었다.

호텔 입구 옆으로 나 있는 출입구 쪽으로는 마호니스로 들어가기 위해 잘 차려입은 젊은 남녀들이 길게 늘어서 있었다.

"제대로 왔네. 야! 쟤들 봐라."

정문호가 모델처럼 늘씬한 여자들을 가리키며 말했다. 아직 쌀쌀한 3월 말이었지만 여자들의 옷차림은 봄을 맞이한 것처럼 화사하게 차려입고 있었다.

"하하하! 좋구나! 줄이 장난이 아니야. 들어가려면 기름

칠 좀 해야겠는데."

정문호의 말에 김명수가 환하게 웃으며 말했다.

"호텔에 아는 놈 없냐?"

"난 안 좋은 기억이 있어서 나서지 못한다."

김명수의 말에 정문호가 손사래를 치며 말했다.

이전 그랜드 하얏트 때 정문호는 클럽에서 강태수와 부
닥쳐 개망신을 당했다.

"내가 아는 친구가 있긴 한데 아직 있으려나. 일단 가보자."

한종우 또한 그랜드 하얏트 시절부터 호텔을 자주 이용했
었지만 닉스하얏트로 바뀐 이후로는 호텔을 찾지 않았었다.

마호니스 안은 뜨거운 열기로 가득했다.

남태평양의 정취가 물씬 풍겨오는 인테리어와 함께 직원
들의 복장도 여름 휴가지의 복장처럼 가벼웠다.

댄스 플로어 앞쪽에 설치된 디제잉석에서는 잘생긴 외국
디제이가 최신 유행의 댄스곡을 디제잉 컨트롤을 사용해
흥을 돋우고 있었다.

최고급 사양의 스피커에서 터져 나오는 웅장한 사운드가
절로 어깨를 들썩이게 만들었다.

사운드가 웅장한데도 다른 댄스클럽에서처럼 전혀 귀가
아프지 않았다.

"완전히 죽이는데!"

김명수는 주변을 돌아보며 엄지손가락을 추켜세웠다.

최신 유행을 만들어가는 마호니스에는 TV에서 보던 여자 연예인들도 눈에 들어왔다.

"저기 봐! 이서영도 왔잖아."

이서영은 요즘 한창 인기를 끌고 있는 댄스가수였다.

한종우가 댄스 플로어에서 춤을 추는 이서영을 가리켰다. 그녀의 앞에는 여자 탤런트인 김유정도 함께 있었다.

"김유정도 있네. 오늘은 쟤들로 정했다."

혀로 입술을 훔치는 정문호의 눈이 반짝였다.

그때였다.

순간 김유정의 뒤쪽으로 지나가는 미모의 여자가 정문호의 눈에 들어왔다.

"저 여자는 송예인……."

확실치는 않았지만 송예인과 너무나 비슷하게 보였다.

주문한 싱글 몰트위스키인 글렌피딕 30년산이 나왔다. 판매 가격이 한 병에 백만 원이 훌쩍 넘어가는 위스키였다.

IMF 관리 체제 이후 한국의 위스키 시장은 크게 위축되었고 소주 판매가 늘고 있었다.

마호니스에서 판매하는 위스키 중에서 가장 비싼 축에

들어가는 위스키를 시킨 세 사람은 주변을 살피며 함께할 여자를 물색했다.

고급스러운 옷차림에 돈이 많다는 것을 은연중 드러냈기 때문인지 세 사람이 있는 테이블을 눈여겨보는 여자들이 적지 않았다.

다른 테이블보다도 넓고 댄스 플로어가 한눈에 들어오는 자리였기 때문에 별도의 테이블 차지가 붙어 있는 자리였다.

"우선 한잔씩 하자. 오늘은 아무 생각 없이 즐기자고!"

"좋아! 그냥 죽어보자. 야, 뭐 해?"

김명수와 한종우가 호응하며 위스키를 따라주었다.

옆에 앉은 정문호에게도 술을 따라주려고 하던 한종우가 멀뚱히 댄스 플로어를 바라보는 정문호의 어깨를 치며 물었다.

"어, 미안. 아는 사람을 본 것 같아서."

"네가 건드린 여자라도 온 거야?"

"맞아, 문호 때문에 인생 조진 여자가 한두 명이 아니잖아."

"적어도 한 트럭은 될걸."

"새끼들이 말은 똑바로 해라."

두 사람의 말에 정문호는 손가락 세 개를 폈다.

"하하하! 저 새끼는 나중에 여자 때문에 큰일 한번 낼 거야."

"하하하! 문호는 여자 먹는 게 삶의 낙이다. 우리가 이해해야지."

정문호의 말에 김명수와 한종우가 크게 웃으면서 말했다.

그때였다.

적잖은 팁을 건네준 호텔 종업원이 스타일이 괜찮은 여자 둘을 데리고 왔다.

"이쪽으로 앉으세요."

여자를 본 김명수가 자기 자리를 가리키며 말했다.

"한 분은 여기 앉으시면 되겠네요."

호텔 종업원이 다른 여자에게 반대편 자리를 가리키며 말했다.

그리고 잠시 뒤 화장실을 다녀온 일행이 테이블에 한 명 더 착석했다.

자리에 함께한 세 명의 여자들은 얼굴이나 스타일이 남달랐지만, 정문호의 관심은 온통 댄스 플로어에서 본 여자에 가 있었다.

*　　　*　　　*

경제 위기와 불황 시기에는 구조조정이 되어 살아남은 기업들이 망하는 기업의 설비와 시설 등을 헐값에 인수하는 것을 통해서, 이윤율을 회복할 수 있다.

이러한 형태의 방식은 자본가들의 착취를 심화시킴과 동시에 자본주의가 공황에서 벗어나는 고전적인 방법이다.

한마디로 쓰러진 기업들을 통해서 남은 기업들에게 자양분을 공급하는 것이다.

한국 정부는 IMF 관리 체제 아래에서 고강도 긴축과 구조조정을 진행하는 상황에 도미노처럼 쓰러지는 재벌 기업들을 어떻게든 살리기 위해 노력했지만, 기업들의 구제는 쉽지 않았다.

30대 재벌 그룹 중 절반 이상이 차례대로 쓰러지고 있는 지금, 살아남은 재벌이나 외국 자본들은 구조조정을 통해 매물로 나온 기업이나 쓰러진 회사를 헐값에 인수하며 득을 보게 될 것이다.

한편으로 정부는 산업 구조조정 차원에서 대기업 간 사업을 맞교환하는 이른바 빅딜을 추진하고 있었다.

비핵심 기업을 주고받아 각자가 더욱 잘할 수 있는 핵심 기업을 육성하고 성장시켜 나가자는 취지였다.

하지만 이러한 빅딜은 자칫 대기업들 간에 단순히 부채 교환을 하는 것으로 끝날 수 있었다.

이는 IMF가 권고하는 부채 총량의 감소가 아니었고 산업 구조조정 취지에도 부합되지 않았다.

단순히 부실기업을 주고받는 것은 정부가 원하는 구조조정이 아니었다.

그만큼 기업들이 가진 부채가 엄청났다.

구조조정은 노동자들에게 엄청난 고통을 줄 뿐 아니라, 자본가들에게도 고통스러운 일이었다.

정부는 IMF의 권고와 외환 위기를 극복하기 위해 노동개혁이라는 이름으로 기업들이 노동자들을 손쉽게 해고할 수 있는 길을 터줬다.

"음, 정부가 하루라도 빨리 외환 위기를 벗어나려고 노력하고는 있지만, 구조조정에 대한 속도를 너무 내고 있는 것 같습니다."

외환 위기에 따른 대외 신인도 하락을 막기 위해 정부는 긴급차관 지원 조건으로 IMF에 혹독한 긴축과 구조조정을 하기로 약속했다.

문제는 정부가 너무 열심히 IMF의 요구를 잘 이행하고 있다는 것이다.

멀쩡한 나라도 만기 전에 빚을 갚으라고 하면 견디기 힘든 상황에서 정부는 하루라도 빨리 빚을 털고 이 상황을 벗어나고 싶어 했다.

"저도 요즘 들어서 차라리 정부가 신인도 하락 리스크를 고려하고서라도 만기까지 부채 상환을 거절하고, 기업들에게 직접 채무조정 협상을 하게 했다면 어땠을까 하는 생각이 듭니다."

김동진 비서실장의 말이었다.

밤이 늦은 시간이었지만 나를 비롯한 닉스홀딩스의 주요 관계자들은 바빠진 회사 일로 인해 퇴근을 못 하고 있었다.

한마디로 앞으로 진행될 러시아의 모라토리엄(지급 유예) 선언처럼 배 째라 식으로 나갔다면 지금처럼 수많은 노동자와 근로자들이 자의 반 타의 반으로 차가운 길거리에 내몰리지 않을 수도 있었을 것이다.

"한국과 같은 개방경제체제에서는 러시아처럼 진행할 수 없겠지만, 말씀대로 정부가 배짱 있게 나갔다면 채권 손실을 우려한 유럽과 미국의 은행들에게서 더욱 유리한 협상을 끌어낼 수 있었을 것입니다. 유럽의 은행들은 더 큰 양보를 할 준비가 되어 있었으니까요. 하지만 그만한 배짱과 역량을 지닌 정부 인사가 없는 게 문제입니다."

이전 정부가 IMF에게 손을 내민 것을 관료도 아닌 내가 막을 수 있는 일은 아니었다.

하지만 돈을 뜯길 수도 있었던 서방의 은행들과 자본가들은 한국 정부가 생각했던 것보다 더 큰 양보를 할 준비를 내부에서 논의했다.

대외적인 정보 부재와 혼선만을 일으켰던 정부 대책으로 인해 지금보다 빚을 줄일 기회를 놓쳤다.

"예, 러시아는 자원대국이라 한국과는 상황이 다르겠지요. 더구나 룩오일NY가 버티고 있으니까요."

러시아가 치밀한 계획 아래에서 모라토리엄을 선언하리라는 것을 김동진 비서실장은 알고 있었다.

그 중심에서 룩오일NY와 소빈뱅크가 주도적으로 움직이고 있었다.

"한 나라를 우습게 파탄 낼 수 있는 웨스트와 이스트 세력과의 싸움입니다. 한국과 러시아가 그들이 원하는 시나리오대로 흘러가지 않았다면 그들은 우리가 예상치 못한 다른 계획을 동원할 수도 있었을 것입니다. 차라리 예측할 수 있는 흐름으로 흘러가는 것이 이 싸움의 승패에서는 우리에게 좀 더 유리할 것입니다. 다만 아쉬운 점은 이러한 정보를 정부에 다 알려줄 수 없다는 것이지요."

정보는 아는 사람이 적을수록 지켜지는 것이다.

흑천과 미르재단의 인물들이 정관계에 깊숙이 뿌리내렸던 것처럼 웨스트와 이스트 세력과 연관된 인물이 정부 내에 없다고는 할 수 없었다.

개인의 영달과 이익을 위해서 나라도 팔아먹을 수 있다는 것을 역사가 증명했기 때문이다.

"예, 저도 그게 무척이나 아쉽습니다. 저희 닉스홀딩스를 제외한 국내 대다수 기업들이 강도 높은 구조조정과 축소 경영을 진행하고 있으니까요. 더구나 저희가 가지고 있는 힘을 마음껏 드러낼 수 없다는 것도 아쉬운 점입니다."

김동진 비서실장의 마음을 충분히 이해할 수 있었다.

앞으로도 줄줄이 쓰러질 기업과 은행들이 널려 있는 상황에서 닉스홀딩스 산하 기업들은 무서울 정도로 성장하고 있었다.

닉스홀딩스는 적들을 속이기 위해서 정확한 매출과 이익을 드러내지 않았다.

"저들도 대양에 떠도는 빙산처럼 보이는 부분보다 보이지 않은 바닷속 모습을 숨기고 있습니다. 놈들이 이 나라에서 가져가려는 이익을 최대한 닉스홀딩스와 룩오일NY가 차지해야 합니다. 그래야 저들을 쓰러뜨릴 수 있는 강력한 카운터펀치를 날릴 수 있습니다."

내가 가지고 있는 생각과 계획은 김동진 비서실장이라도 다 알지 못했다.

"예, 저를 비롯한 닉스홀딩스 전 직원이 회장님을 믿고 있습니다. 꼭 이 나라의 위기를 극복해 주십시오."

외환 위기 전후로 쓰러진 대기업을 모두 합치면 30대 재벌 중 절반이 넘는 16개에 이른다.

금융권에서도 33개 은행 중 절반에 가까운 16개가 합병이나 인가 취소로 개편되었다.

더구나 5대 시중은행으로 불렸던 조상제한서(조흥·상업·제일·한일·서울은행)는 모두가 간판을 내렸다.

"물론 그래야지요. 그러기 위해서는 서울은행과 외환은행을 소빈뱅크가 가져와야겠지요. 남 좋은 일을 시킬 수 없으니까요."

"예, 꼭 성공할 수 있을 것입니다."

닉스홀딩스와 소빈뱅크는 두 은행을 가져오기 위해서 물밑작업이 한창이었다.

금융권에 불어닥친 본격적인 구조조정은 은행권을 비롯하여 여의도에서 한국판 월스트리트를 꿈꾸던 고려증권과 동서증권을 시작으로 장은창업투자, 한진투자, 쌍용투자, 서울증권, 조흥증권 등도 차례차례 구조조정의 칼날 앞에 서 있었다.

보험업계 구조조정 또한 올해 1998년부터 본격적으로 시작되었다.

생명보험에선 지급 여력 비율이 마이너스 30%를 밑도는 고려생명, 국제생명, 태양생명, BYC생명 등이 차례로 퇴출당했다.

손해보험에서도 대한보증과 한국보증이 합병해 서울보

증보험으로 재탄생했다.

　금융위원회 집계를 살펴보면 1997년 말 2,101개였던 금융사(은행·종금·증권·보험·투신·금고·신협·리스)는 2001년까지 3년간 610개가 정리되었다.

＊　　　＊　　　＊

　깔깔거리며 웃는 여자들의 웃음소리에서도 정문호의 눈은 댄스 플로어에 가 있었다.

　여자들은 세 사람이 입고 있는 옷과 시계, 그리고 테이블에 올려져 있는 비싼 술을 보고서 탐색을 끝냈다.

　테이블에 앉은 남자들은 한 번쯤 호기심에 마호니스를 찾은 사람들이 아니었다.

　세 사람은 진짜배기였다.

　"뭘 그렇게 보세요?"

　자신에게 관심을 보이지 않는 정문호를 보며 서지아가 물었다.

　대기업에 다니는 서지아는 나이보다 앳되고 귀여운 얼굴을 하고 있었다.

　세 명의 여자는 대학교 동창으로 생일을 맞이한 유혜정이라는 친구를 위해 마호니스를 방문한 거였다.

"오래간만에 왔더니 분위기가 영 낯설어서요."

"이런 데는 자주 오시지 않나 봐요?"

'꿩 대신 닭이라도 먹어야 하나?'

"하하! 예, 저와는 별로 맞지 않는 것 같아서요. 그냥 친구들 기분이나 맞춰주려고 오는 정도."

"그렇구나. 한데 다들 사업을 하시는 거예요?"

"뭐 그렇다고 해야겠죠."

"요즘 IMF 때문에 사업하는 분들이 다들 힘들다고 하던데. 우리 회사도 분위기가 이전 같지 않더라고요."

"다들 힘들다고 할 때가 기회일 수 있습니다. 이 시기에……."

정문호는 말을 다 끝내지 못했다.

잠시 눈을 돌려 댄스 플로어를 보던 정문호는 자석에 이끌리듯이 자리에서 일어났다.

그런 정문호를 멀뚱히 쳐다보는 서지아를 남겨둔 채 그는 서둘러 댄스 플로어가 있는 쪽으로 뛰듯이 걸어갔다.

Chapter 12

댄스 플로어에서는 수많은 사람들이 최신 유행 음악에 맞추어 열심히 춤을 추고 있었다.

정문호는 사람들을 헤치며 송예인으로 보이는 여자를 찾았다.

"분명 이쪽이었는데."

두리번거리며 주변을 살필 때였다.

한눈에 보더라도 눈에 확 들어오는 미인이 댄스 플로어 반대편으로 걸어가는 것이 보였다.

분명 송예인이 맞았다.

짧은 커트 머리에 화장까지 한 송예인의 옆으로 한 남자가 계속해서 말을 붙이고 있었다.

"저 새끼가!"

그 모습에 정문호는 마치 자신의 여자 친구에게 치근덕거리는 듯한 느낌에 화가 치밀어 올랐다.

정문호는 빠른 발걸음으로 송예인에게 향했다.

그토록 애타게 보고 싶었던 그녀가 바로 눈앞에 나타난 것이다.

"이봐! 여자분이 싫다는데 뭐 하는 짓이야?"

정문호는 송예인에게 치근대는 남자에게 소리치듯 말했다.

갑작스러운 정문호의 등장에 사내는 이건 또 뭐지? 라는 표정이었다.

"일행이 있으셨나요?"

사내는 송예인과 정문호를 번갈아 쳐다보며 말했다.

"왜 이제야 온 거야? 정말 피곤했다니까."

예인이는 마치 정문호를 처음부터 아는 사람처럼 대했다.

"어! 차가 좀 막혀서."

그런 송예인의 태도에 정문호 또한 놀라는 표정이었다.

"미안합니다. 일행이 안 계신 줄 알고……."

예인이에게 찝쩍거리던 사내는 정문호의 말에 아쉬운 표정으로 자신의 자리로 되돌아갔다.

"도와주셔서 고마워요."

'날 모르는 것 같은데……. 하긴, 그때는 약에 취해서 날 보지 못했었으니까.'

"아닙니다, 힘들어하시는 것 같아서요. 한데, 혼자 오셨습니까?"

정문호는 조심스럽게 물었다.

지금 눈앞에 있는 송예인은 이전 알고 있던 송예인과는 전혀 다른 분위기와 모습이었다.

"친구랑 같이 왔는데, 급한 일이 생겼다고 가버렸네요. 저도 이제 막 가려던 참이에요."

"아, 그러셨구나. 이것도 인연인데, 실례가 안 된다면 제가 칵테일 한잔 대접해도 되겠습니까?"

정문호는 어떻게든지 송예인을 한 번 더 만나고 싶었기 때문에 이 기회를 놓치고 싶지 않았다.

"도움도 주시고 했으니, 잠시 집에 가는 시간을 늦출까요?"

"정말 감사합니다. 저리로 가시지요."

예인이의 대답을 애처롭게 기다리던 정문호는 환호성에

가까운 목소리로 대답했다.

종업원에게 20만 원을 쥐여 주며 야외수영장과 정원이
어우러진 테라스에 자리를 잡은 정문호는 연신 송예인의
환심을 사기 위해 노력했다.

"깔깔깔! 친구들 때문에 희생을 많이 하셨네요. 원치 않
은 여자들을 상대하려면 쉽지 않았을 텐데요?"

정문호의 말에 예인이는 봄날의 벚꽃처럼 환하게 웃었
다.

"하하! 그 정도는 친구들을 위해서 해주어야지요. 그래서
인지 친구들이 매번 절 찾는 것 같습니다. 폭탄을 처리해
달라고."

정문호는 자신이 늘 친구들을 위해 원하지 않은 여자들
을 상대하는 폭탄처리반이라고 말했다.

"예쁜 여자만 찾는 건 옳지 않아요. 남자들도 모두가 잘
생기지는 않잖아요?"

"물론입니다. 외모도 중요하지만, 서로에 대한 호감과 느
낌도 중요하니까요. 그동안 전 이 여자다, 라는 느낌을 단
한 번도 경험해 보지 못했었습니다. 그런데 오늘 예인 씨를
보고서 처음 그런 감정을 가지게 되었습니다."

"절 처음 보고서 그런 감정이 드신다고요?"

정문호의 말에 예인이는 놀란 표정을 지었다.

'아니, 널 처음 보지 않았어. 그리고 얼마나 널 만나고 싶었는데… 지금도 지갑에 네 사진을 항상 가지고 다닌다고.'

"예, 제 마음속에서 그려오던 이상형이십니다. 그래서 아까 용기를 내서 다가간 것입니다. 사실, 남자가 세게 나오면 어쩌나 하는 걱정을 했습니다."

"후후! 그러셨구나. 문호 씨가 용기를 낼 만큼 제가 마음에 들었다는 거네요?"

맑고 커다란 두 눈을 가진 예인이가 자신을 바라보며 말하자 정문호의 가슴이 심하게 뛰었다.

'정말 아름다워… 너하고는 평생을 함께할 수 있을 것 같아.'

지금껏 여자를 순수하게 대하지 않고 한낱 유희거리로만 받아들이던 정문호였지만 송예인에게만은 사랑스러운 감정이 용솟음쳤다.

"부끄럽지만 사실입니다. 정말 예인 씨와 이렇게 함께 마주 앉아 있는 것이 꿈만 같습니다."

솔직한 심정이었다.

강제로 송예인을 취하려고 했던 때도 있었지만 지금 이대로 서로를 알아가는 것도 나쁘지 않겠다는 생각이 들었다.

아니, 남부럽지 않은 연애를 하고 싶었다.

"제가 어디가 그렇게 좋길래 꿈만 같다고 하세요?"

"이런 말을 하는 게 어떻게 들릴지는 모르겠지만, 머리에서 발끝까지 예인 씨의 모든 것이 좋습니다. 등에 있는 점까지도……."

'이런, 바보같이…….'

너무 흥분해서일까, 순간 정문호는 하지 말아야 할 이야기까지 했다.

"깔깔깔! 제 등에 점이 있는 걸 어떻게 아셨어요? 혹시, 절 아시는 분이세요?"

예인이는 예상과 달리 무척 재미있다는 듯이 크게 웃었다.

그런 예인이의 왼쪽 눈이 살짝 붉어지기 시작했다.

"하하! 제가 헛말이 나왔네요. 모든 모습이 좋다고 표현한다는 것이 엉뚱한 말이 되었네요. 불쾌하셨다면 정말 죄송합니다."

"아니요, 불쾌하지는 않아요. 한데 제 질문에 답을 해주지 않으셨네요. 절 아시는 분이시죠?"

"하하! 이거 어떻게 말을 해야 될지 모르겠습니다. 예, 몇 번 예인 씨를 먼발치에서 뵈었습니다. 사실 저도 서울대를 나왔습니다."

'시발! 어쩔 수가 없네. 오늘 내 여자로 만들면 되잖아.'

자신을 뚫어지게 쳐다보는 예인이의 말에 정문호는 웃으며 말했다.

"아! 선배님이셨구나. 진작에 말씀하시지 그러셨어요."

"그게 좀 그래서요."

"말 놓으세요, 선배님."

'전화위복인가?'

"그래도 될까— 요?"

"후후! 네. 그래도 돼요."

"고마워."

"학교 선배님이신데 당연한 거잖아요."

"그럼, 말을 놓을게. 예인이는 학교에서 인기가 너무 많아서 말을 붙이기가 무척 힘들었어."

정문호는 그동안 예인이를 조사하면서 알게 된 사실을 이야기하며 반응을 살폈다.

"피곤한 일이에요. 사람들은 별것 아닌 것에 관심을 둬요. 우리 좀 걸을까요? 이젠 시끄러운 음악이 듣기 싫어지네요."

"어! 그럴까."

예인이의 말에 정문호는 반색하며 그녀 뒤를 따라나섰다.

단둘이 있을 수 있는 아주 좋은 기회였다.

닉스하얏트에 새롭게 조성된 산책길을 따라 예인이와 정문호는 나란히 걸었다.

조금은 쌀쌀한 밤바람이 불어서인지 정원을 산책하는 사람은 없었다.

"단둘이 이런 시간을 갖게 된 줄은 정말 몰랐어."

정문호가 늘 상상하던 일이었지만 막상 현실로 일어나자 얼떨떨한 기분이었다.

"후후! 인연이라는 게 좀 그래요. 우리 저기로 갈까요?"

예인이가 가리킨 곳은 나무가 우거진 곳으로 산책길에서 잘 보이지 않은 장소였다.

'이거 오늘 무슨 일이 나겠는데…….'

"어, 그래."

정문호는 예인이의 말에 쾌재를 불렀다.

아름드리 소나무들이 모여 있는 곳에는 벤치가 놓여 있었다.

"저기 앉으면 되겠네. 잠깐만, 기다려."

정문호는 호주머니에서 손수건을 꺼내 벤치 위에 펼쳐놓았다.

"고마워요."

"아니야, 당연한 거지."

벤치에 앉은 정문호는 예인이에게서 풍겨오는 향기를 맡을 수 있었다.

예인이를 납치해서 품에 안았을 때 맡았던 그 향기였다.

"선배님은 좋은 사람인 것 같아요."

"하하! 예인이가 생각하는 것처럼 그렇게 좋은 사람은 아니야."

"후후! 잘 알고 있네."

"어, 그게 무슨 말이야?"

순간 예인이의 목소리가 달라지자 정문호가 살짝 당황하며 물었다.

"넌, 정말 대단한 놈이야. 날 다시 만나러 오다니. 하긴, 개 버릇을 남 줄 수가 없겠지."

싸늘하게 변한 예인이의 말투에 정문호의 표정이 굳어졌다.

"어라, 날 기억하고 있었던 거야? 하긴, 네 말처럼 착한 척하기 힘들었는데. 그런데 말이야, 날 여기로 데리고 나온 건 실수한 거야. 크크크!"

정문호는 예인이의 말에 비열한 웃음을 내뱉었다.

"실수한 건 너야."

"과연 그럴까? 그때 널 안지 못해서 얼마나 억울했었는데. 이렇게 자발적으로 다시 품속으로 들어오다니 말이야. 우리 밤새도록 즐기자."

정문호는 말을 끝나자마자 예인이를 강제로 안았다.

그러한 정문호의 행동에 예인이는 아무런 대응을 하지 않았다.

"뭐냐? 내가 그리웠던 거였어? 으하하!"

가만히 품에 안긴 예인이를 보며 정문호는 즐거운 웃음을 토해냈다.

"깔깔깔! 마지막 선물이라고 해두지."

"마지막?"

예인이의 날카로운 웃음에 정문호가 살짝 긴장했다.

"손가락부터 시작할까?"

우뚝!

"아악!"

예인이의 말이 끝나자마자 정문호의 입에서 고통스러운 비명이 터져 나왔다.

그의 왼손 새끼손가락이 하늘로 솟구쳐 있었다.

"엄살이 너무 심하잖아. 고작 새끼손가락을 건드린 것뿐인데."

"아! 이년이 미쳤나?"

정문호는 새끼손가락을 감싸며 소리쳤다.

철썩!

쿵!

정문호의 말이 끝나자마자 그의 몸이 팽이 돌듯이 빙그르르 회전하며 바닥에 쓰러졌다.

예인이의 손이 정문호의 면상에 따귀를 날린 것이다.

바닥에 쓰러진 정문호는 지네가 지나가듯이 발버둥 치다가 입에서 이물질을 뱉어냈다.

"컥! 퉤!"

툭!

피와 함께 바닥에 떨어진 것은 정문호의 치아였다.

"너무 약해. 잘못하면 몇 번 놀지도 못하고 죽겠어."

예인이의 말에 정문호는 지금의 자리를 벗어나려고 앞으로 기어갔다.

자신의 새끼손가락과 면상을 가해진 예인이의 공격이 어떤 식으로 이루어졌는지 전혀 알 수가 없었다.

단지 손가락과 얼굴에 어느 순간 고통이 느껴졌을 뿐이었다.

그때였다.

자신의 신발이 벗겨지는 느낌과 함께 참을 수 없는 고통이 전해졌다.

뚝!

또다시 정문호의 엄지발가락이 부러졌다.

"아아!"

비명을 내지르려는 순간 예인이의 손가락이 정문호의 목을 누르자 벙어리가 된 것처럼 목소리가 나오지 않았다.

"악! 살려… 주… 요."

간절히 외치고 싶은 말이 제대로 목구멍에서 나오지 않았다. 그것이 더한 공포를 주었다.

"네가 원했던 것처럼 밤새도록 즐기는 거야."

예인이의 말에 정문호는 지금껏 경험해 보지 못한 공포심이 온몸을 사로잡았다.

＊　　　＊　　　＊

이른 아침에 걸려온 전화에 정태술 회장은 서둘러 병원으로 향했다.

남산 산책로에서 아들인 정문호가 초주검이 되어 발견된 것이다.

양 손가락은 물론이고 발가락이 모두 부러진 상태였고, 이빨도 모두 빠진 상태로 발견되었다.

거기에 양발의 아킬레스건이 잘려 나가 제대로 걸을 수 없게 되었다.

어떤 일을 겪었는지 정문호는 심하게 헛소리를 하면서 간호사가 접근할 때마다 소리를 질렀다.

마치 여자를 두려워하는 모습처럼 비쳤다.

"지금 바로 수술에 들어갈 것입니다. 여기 사진에서 보는 거와 같이 아킬레스건도 문제지만 손목뼈가 완전히 바스러지듯이 부서진 상태라 회복이 되더라도 이전처럼 생활하기는 힘들 것입니다. 죄송한 말씀이지만 지금 상황에서는 불구를 피할 수는 없을 것 같습니다."

마치 심한 교통사고를 당한 것처럼 정문호의 몸은 만신창이가 되어 있었다.

정신을 차리고 있었다는 것조차 믿기 힘들 정도로 몸 상태가 엉망이었다.

"도대체 이게 무슨 일이야."

털썩!

담당 의사의 설명에 정태술은 맥없이 의자에 주저앉았다.

"회장님 괜찮으십니까?"

"내 아들을 저렇게 만든 놈을 찾아. 찾아서 똑같이 만들어놔."

정태술은 참을 수 없는 분노에 부들부들 몸을 떨며 말했다.

                  *   *   *

닉스홀딩스 본사가 완공되었다.

착공한 지 4년 5개월 만에 완공된 닉스홀딩스 본사는 지하 8층 지상 57층짜리 건물로 여의도에 자리 잡은 63빌딩 다음으로 큰 업무용 빌딩이었다.

예상보다 2개월 앞당겨 완공된 닉스홀딩스센터는 토지 매입자금과 건축비용을 합해 5,300억 원의 비용이 소요되었다.

닉스홀딩스센터는 리히터 7의 강진에도 견딜 수 있게 내진 설계로 지어졌고, 내부 공기 오염 방지는 물론 4계절 항온항습을 자동으로 관리하는 최신 통합관리시스템을 갖추었다.

닉스홀딩스센터에는 닉스에너지와 닉스정유, 닉스케미컬, 블루오션반도체 본사와 함께 소빈뱅크 서울 지점이 입주했다.

"하하하! 이제야 본격적인 닉스홀딩스의 전성시대가 열린 것 같습니다."

룩오일NY Inc의 니콜라이 대표가 크게 웃으며 말했다.

닉스홀딩스센터의 입주에 맞추어 룩오일NY의 계열사 대표들이 대거 한국을 찾았다.

룩오일NY와 닉스홀딩스의 합동 전략회의를 하기 위해서였다.

한국이 IMF 관리 체제에 들어선 이후부터 룩오일NY와 닉스홀딩스의 협력 관계가 더욱 확대되고 있었다.

"이제 본격적인 공세를 취할 때가 된 것이지. 앞으로 닉스홀딩스와 룩오일NY가 한국과 러시아를 지켜내야 하니까."

대한민국의 모든 기업들이 축소경영과 구조조정에 매달릴 때 닉스홀딩스는 오히려 공격적인 경영으로 나갈 것을 선포하는 자리였다.

Chapter 13

　56층에 자리를 잡은 넓은 회의실에는 75명에 달하는 닉스홀딩스와 룩오일NY의 대표, 임원들이 한자리에 모여 회의를 개최했다.

　처음으로 두 그룹의 대표들이 한자리에 모인 것이다.

　룩오일NY의 규모를 알지 못했던 닉스홀딩스의 임직원들은 처음으로 룩오일NY의 실체를 알게 되자 놀라는 표정이었다.

　룩오일NY의 규모는 닉스홀딩스의 3배 이상이었다.

　정확한 매출과 수익은 공개하지 않았지만 대략 어느 정

도인지는 예상할 수 있었다.

블루오션반도체와 닉스케미컬, 닉스정유, 닉스에너지가 본격적으로 움직이기 시작할 때면 그 격차는 조금은 줄어들 것이다.

하지만 지금 룩오일NY Inc와 소빈뱅크에서 벌어들이는 이익금만으로도 닉스홀딩스 전체를 능가하고 있었다.

"닉스홀딩스와 룩오일NY의 포괄적인 협력 계획안을 통해 양 그룹의 이익을 극대화할 예정입니다. 이미 룩오일NY Inc에서 공급되는 원유와 천연가스는 닉스정유와 닉스케미컬, 그리고 닉스에너지에 공급되고 있습니다. 닉스종합제철 또한 세례브로에서 공급되는 철광석을 통해……."

닉스홀딩스의 이성훈 기획실장의 보고가 진행되고 있었다.

룩오일NY Inc는 석유 산업의 상류부문(Upstream)과 중류부문(Midstream)를 완벽하게 갖추고 있었다.

상류부문은 원유 탐사와 시추 개발을 가리키고 중류부문은 원유나 가스 수송을 말한다.

룩오일NY Inc는 유럽으로 이어지는 파이프라인과 아시아로 향하는 파이프라인을 모두 가지고 있는 유일한 에너지기업이었다.

더구나 러시아에서 공급되는 원유와 천연가스의 68%를 룩오일NY Inc가 장악하고 있었다.

이는 거대 국가인 러시아의 에너지 자원을 손에 넣은 결과였다. 그 외의 자원들도 룩오일NY 산하 기업들의 수중에 떨어졌다.

이러한 상황이 될 수 있었던 이유는 소빈뱅크의 금융 지원과, 정치경제 분야는 물론 러시아 마피아까지 움직일 수 있는 나로 말미암은 결과였다.

"닉스정유와 시단코의 기술 협력과 시설 투자를 통해서 시단코에서 생산된 고품질의 휘발유와 나프타를 동유럽에 공급할 예정입니다. 이를 위해 닉스정유는……."

나프타는 플라스틱 등 석유화학의 원료가 되는 조제 휘발유를 말한다.

닉스정유의 등장으로 22년간 5개 정유사인 SK, LG정유, 한화에너지, 쌍용정유, 현대정유가 차지했던 국내 시장의 지각변동이 일어났다.

이미 한화에너지는 닉스정유와 인수협상을 끝내고 매각 절차에 들어간 상황이었고, 쌍용정유 또한 닉스정유와 매각 협상을 벌이고 있었다.

현대그룹도 반도체와 자동차 사업에 대한 투자를 위해 현대정유를 시장에 내어놓을 계획을 하고 있었다.

"한국의 정유 시장은 닉스정유와 SK, LG정유로 재편될 것으로 예상됩니다. 한국 시장을 잃지 않으려는 중동 국가들이 LG정유와 SK에 투자하려는 움직임을 보이고는 있습니다만, 닉스정유와 닉스에너지는 룩오일NY Inc의 협조를 통해 국내 Downstream(하류부문)의 시장 장악을 3년 안에 이루어낼 계획입니다. 이를 통해 세계 5대 석유 메이저로 올라설 수 있는 기반을……."

석유 산업에서 하류부문은 석유 정제와 유통 사업 부문이다.

본격적인 시장 공략을 진행 중인 닉스정유와 닉스에너지, 그리고 닉스케미컬은 저렴하게 공급되는 러시아의 원유와 천연가스를 통해서 시장 장악력을 높여가고 있었다.

환율 상승과 정부의 특별소비세 인상으로 인해 휘발유와 경유 가격이 다음 달부터 100원 정도 상승할 예정이다.

그러나 닉스주유소에서 판매되는 휘발유와 경유 가격은 50원 정도만 올라갈 예정이었다.

이미 가격 우위에 선 닉스정유와 닉스에너지의 시장 장악력은 시간이 갈수록 커질 것이 분명했다.

"한국과 중국을 비롯해 일본 시장까지 넓혀간다면 두 회사의 매출과 이익은 빠르게 늘어갈 것입니다. 이미 닉스케미컬은 중국에 5억 달러 상당의 나프타 공급계약을 체결하여 5월부터 본격적으로 공급이 이루어질 예정입니다."

닉스홀딩스와 룩오일NY 산하 계열사마다 협력 체계를 통해서 시장 장악력을 극대화하기 시작했다.

에너지와 정유, 그리고 화학 사업이 본격적으로 그 영역을 넓혀가고 있었고, 건설 부문에서도 러시아 내 파이프라인 공사를 합작사인 노바닉스E&C를 통해서 활발하게 진행하고 있었다.

러시아의 천연자원을 헐값에 외국에 파는 것이 아닌 한국의 닉스홀딩스를 통해서 값비싼 제품으로 탈바꿈하여 시장을 확대해 갔다.

닉스 또한 신발과 옷을 만드는 데 들어가는 합성고무와 합성섬유를 닉스케미컬에서 값싸게 공급받고 있었다.

"정말 놀랐습니다. 룩오일NY가 얼마나 큰 회사인지 새삼 알게 되었습니다. 정말이지 소빈메디컬에서 주문하는 약품만으로도 닉스제약은 충분히 먹고 살 수 있겠습니다."

회의가 끝나자 닉스제약의 박명준 대표가 놀란 표정으로 말했다.

두 그룹의 계열사 대표들은 각자 협력 관계를 맺고 있는 회사들과 다시 자리를 가졌다.

"올해 말 완공되는 상트페테르부르크의 소빈메디컬을 시

작으로 러시아의 10대 도시마다 소빈메디컬이 세워질 것입니다. 그렇게 되면 닉스제약의 생산 시설도 확장을 준비해야 할 것입니다."

모스크바를 시작으로 러시아 제2도시인 상트페테르부르크에도 소빈메디컬이 들어선다.

소빈메디컬은 여기에 그치지 않고 인구 백만이 넘어가는 러시아의 다른 도시들에도 병원을 설립하기로 했다.

세워질 병원마다 규모에는 차이가 있었지만, 치료 시설이 부족한 러시아에서 소빈메디컬의 등장은 러시아 국민에게 큰 환영을 받고 있었다.

이와 함께 의과대학인 소빈모스크바의과대학을 모스크바대학과 협력하여 세울 예정이다.

"하하하! 정말이지 회장님께서는 마술봉으로 마술을 부리시는 것 같습니다. 세계를 향해 이런 청사진을 펼쳐 가시는 분은 회장님뿐이실 것입니다."

"하하! 아닙니다. 대우의 김우중 회장님도 세계 경영을 내세우고 계시지 않습니까?"

"김우중 회장님도 열심이시지만 회장님을 따라올 수 없을 것입니다. 그리고 요즘 대우의 분위기가 심상치 않습니다."

박명준 대표의 말처럼 대우의 김우중 회장은 동유럽과

중국, 그리고 인도 시장이 급속히 성장할 것으로 내다봤다.

중국과 인도는 성장 잠재력에서, 동유럽은 미국이 경제 부흥을 지원할 것으로 생각했다.

중국과 인도의 자동차 시장이 2000년에 달하면 연간 1천만 대의 시장으로 성장할 것으로 예상했고, 그 시장을 선점하기 위해 대우는 서둘러 중국과 인도, 그리고 동유럽에 진출했다.

이러한 예감을 바탕으로 칭기즈칸이 동유럽을 침공했던 루트를 따라 대우는 자동차를 앞세우며 건설, 전자, 중공업, 금융을 선단으로 묶어서 대우 군단을 만들어 전진했다.

그 결과 우즈베키스탄, 중국, 인도, 루마니아를 거쳐 폴란드까지 거침없이 진출했지만, 김우중 회장이 예측한 대로 신흥 시장은 성장하지 않았고, 대우의 해외 공장은 30~40%의 가동률에 머물고 있었다.

더구나 남아도는 기계와 인력을 놀릴 수 없어 손해를 보더라도 공장을 가동하는 실정이었고, 밀어내기와 출혈 판매로 인해 대우의 재무 상태를 악화시켰다.

대우자동차가 야심차게 준비했던 라노스, 레간자, 누비라 등 신차들의 판매율도 예상을 밑돌았다.

기아자동차의 부도 여파에도 불구하고 국내 점유율이 33%에 머물렀다.

대우자동차 해외 공장 또한 폴란드만이 60%의 가동률을 유지할 뿐, 우즈베키스탄은 44%로, 루마니아는 24%, 인도는 11%로 추락했다.

"김 회장님의 선택은 맞았습니다. 하지만 현지 시장 변화와 성장을 너무 긍정적으로 보았습니다. 한편으로 국내와 해외 공장 간의 유기적인 협조체제가 이루어지지 않았고, 합리적인 생산 계획을 세우지 않은 것도 문제가 된 것입니다."

"하하! 회장님은 모르시는 것이 없는 것 같습니다."

박명준은 놀란 표정을 지으며 말했다. 지금 대우가 겪고 있는 문제를 정확히 꼬집어서 말했기 때문이다.

"하하하! 모르셨습니까? 회장님은 의자에만 앉아 계셔도 지구 반대편에서 무슨 일이 벌어지는지 알고 계시는 분이십니다."

김동진 비서실장이 크게 웃으면서 말했다.

"하하! 절 놀리시는 것 같습니다?"

"놀리다니요. 사실을 말씀드린 것뿐입니다. 제가 보고도 하기 전에 알고 있으신 일들이 한둘이 아니었잖습니까?"

김동진 비서실장의 말처럼 임직원들이 나에게 보고를 하기도 전에 사태를 파악하고 해결책까지 제시한 적이 적지 않았다.

"제가 그 분야에 관심이 있었기 때문입니다. 하여간 우리는 국내 기업들의 실책을 최소한으로 줄여야 합니다. 이제 닉스홀딩스는 국내 기업들과 경쟁하는 것이 아니기 때문입니다."

김우중 회장이 시작한 세계 경영을 닉스홀딩스가 펼쳐 보이고 있었다.

"새삼 IMF 관리 체제 아래에 들어서고 보자 한국의 기업들이 얼마나 방만한 경영을 해왔는지 알게 되었습니다. 경쟁력이 전혀 없는 사업에도 수백 수천억 원을 아무렇지 않게 투자한다는 것이 얼마나 어리석은 결과로 돌아왔는지 말입니다."

"앞으로의 시장은 1등만 살아남을 수 있는 시대로 들어설 것입니다. 상당수의 기업들이 착각하는 것은 시장에 팔릴 수 있는 물건을 내어놓지도 않은 채 포장된 마케팅으로 팔 수 있다고 생각하는 점입니다. 디자인과 품질에서 최고가 되지 않는 한 이제 국내 시장에서도 퇴출당할 수 있습니다."

"맞는 말씀입니다. 남들이 하니까 나도 한다는 식으로 사업을 진행했던 기업들 모두 어려움에 부닥쳤습니다. 쉽게 돈을 벌 수 있는 사업에만 매달렸지 연구개발과 기술 투자, 그리고 회장님이 늘 말씀하시던 디자인을 등한시했습니다."

김동진 비서실장의 말에 주변에 있던 대표들이 고개를 끄떡였다.

한국 기업들은 제품을 만들어내는 시설 투자에 인색한 것이 아니었다. 앞서갈 수 있는 제품을 만들 수 있는 기술 연구와 디자인에 인색했던 것이다.

돈을 벌어들이면 내실을 다지는 것보다는 쉽게 접근할 수 있는 분야와 기업의 외형을 키우는 데 열중했다.

그것이 이제 부메랑이 되어 돌아온 것이다.

"닉스홀딩스의 밑바탕이 된 닉스의 성공을 다른 기업들도 눈여겨보아야 합니다. 닉스는 이제 세계 제일의 스포츠 브랜드로 거듭났습니다. 세계인들이 닉스가 만들어낸 운동화를 왜 찾을 수밖에 없는지를 알고 있는 기업들은 성장할 것입니다. 하지만 그렇지 못한 기업은 지금의 자리조차 지킬 수 없을 것입니다."

닉스는 이제 아시아를 거쳐 북미 대륙과 유럽을 평정하고 있었다.

세계 유수의 프로 스포츠 팀의 선수들이 닉스 제품을 이용하여 경기에 임했다. 더구나 선수들이 경기에 뛰는 모습을 닉스ESPN를 통해서 전 세계에 방영하고 있었다.

닉스ESPN에 노출되는 닉스 브랜드는 스포츠 경기를 시청하는 시청자의 구매를 자극했다.

＊　　　＊　　　＊

닉스커피가 명동에 이어 홍대와 강남, 종로, 홍대에 본격
적인 매장을 오픈하기 시작했다.

국내 부동산 시장의 침체와 맞물려 중심 요지에 자리 잡
은 부동산의 가격도 내려갔기 때문이다.

IMF로 인해 기업들과 건물주들이 내어놓은 빌딩과 땅이
하루가 다르게 쌓여가는 상황에서 닉스커피는 좋은 가격에
사람들이 몰리는 핵심 지역의 건물과 땅을 매입할 수 있었
다.

이미 북미 시장과 일본, 그리고 홍콩에서 큰 성과를 낸
닉스커피의 본격적인 등장은 커피 시장에 새로운 패러다임
을 몰고 왔다.

"닉스커피가 미국에서 인기가 최고라며?"

"점심시간 때는 줄 서서 먹는대. TV에도 나왔잖아, 뉴욕
시민들 손에 죄다 닉스커피를 들고 있는 거."

"도쿄에 가니까 닉스커피에 사람들이 정말 많더라. 커피
를 사려는 사람들 때문에 제대로 앉아 있지를 못했다니까."

"진작에 국내에도 매장을 늘렸어야지."

"커피 맛도 좋지만, 매장 분위기가 정말 세련됐어. 이제 여기만 올 거야."

"너 같은 생각을 하는 사람이 한두 명이 아닐걸."

세 명의 여대생이 이야기하는 사이에도 이대점으로 들어오는 사람들이 끊임없었다.

닉스커피는 미국 영화와 드라마를 통해서 한국 사람들에게 친숙해졌다.

더구나 한국의 토종 커피 브랜드가 미국과 캐나다를 비롯한 아시아 국가에서 큰 인기를 끌고 있다는 것을 TV 방송국에서 특집 방송으로 연속 방영했다.

외환 위기로 인해 IMF 관리 체제에 들어선 지금, 생기를 잃어가는 국민들에게 자긍심을 불어넣어 줄 대상이 필요했다.

그 대상이 닉스와 닉스커피였고, 덕분에 두 회사는 광고비를 들이지 않고도 상당한 홍보 효과를 보고 있었다.

IMF로 인해 한국에는 좋지 않은 상황이었지만 닉스커피에게는 국내 진출의 호기였다.

닉스커피가 본격적으로 국내 매장 확대에 나서자 역사가 달라졌다. 1999년 한국에 처음 매장을 냈던 스타벅스가 한국 진출을 포기한 것이다.

스타벅스는 싱가포르와 홍콩, 그리고 일본 등 아시아의 주요 도시에서 닉스커피에 비교해 인지도와 매출이 뒤떨어지자 아예 한국 진출 자체를 무산시킨 것이다.

미국과 캐나다에서도 매출과 이익에서 큰 차이가 나기 시작했다.

닉스커피가 본격적으로 커피 캔 음료와 프라푸치노 병 음료를 공급하기 위해 제조와 유통을 담당하는 닉스코피를 새롭게 설립했고, 여기에 식료품 회사인 도시락이 50%의 자금을 투자했기 때문이다.

이는 미국과 캐나다 내 일반 도소매점에서도 닉스커피의 음료수와 원두커피를 맛볼 수 있게 하기 위해서였다.

닉스커피는 무리한 매장 확대가 아닌 점진적으로 매장 수를 늘려가는 전략으로 나갔다.

이러한 판매 전략은 제대로 교육이 되지 않은 직원들로 인해 커피 맛과 고객 응대에 대한 실수를 최대한 줄이기 위해서였다.

닉스커피에 입사 후 닉스커피대학에서 일정 기간 교육받은 직원들은 닉스커피 매장에서도 충분한 기간 동안 커피 맛과 서비스에 대한 경험을 갖추어야만 진급할 수 있었다.

닉스커피 직원들의 체계적인 현장 대응 능력은 스타벅스를 비롯한 미국의 커피 판매장들이 갖추지 못한 것이었다.

직원들은 지속적인 교육과 경험을 통해 어떠한 돌발적인 상황에서도 어려움 없이 고객을 맞이하고 응대할 수 있었다.

닉스커피의 매장 확대 전략은 거북이처럼 느릴 수 있었지만, 고객들의 충성도는 어느 커피 회사보다 높을 수밖에 없었다.

"점포개발팀이 임대료와 커피 수요 등을 충분히 검토한 뒤 출점 여부를 결정하고 있습니다. 권리금이 있는 곳이나 대로변에서 벗어난 곳은 입점을 금지하고 있습니다."

고영환 대표와 이번에 새로 오픈한 닉스홀딩스센터 내에 자리 잡은 닉스커피에서 자유롭게 이야기를 나누었다.

닉스홀딩스의 회장인 내가 닉스커피에서 편안하게 고영환 대표와 이야기를 나누는 모습을 직원들은 신기하듯 바라보았다.

고영환 대표는 닉스커피의 가파른 성장으로 인해 전 세계를 돌아다니며 바쁘게 생활했다.

"잘하셨습니다, 골목상권까지 피해를 주어서는 안 됩니다."

"예, 닉스커피는 상생을 추구하지 소규모 커피 매장들의 이익을 가져올 생각은 없습니다. 저희로 인해 소상공인들이 곤란한 일을 당하지 않게 항상 관찰할 것입니다."

고영환 대표도 닉스커피를 맡기 전에는 커피숍을 운영하던 자영업자였다.

"맞는 말씀입니다. 닉스커피는 이익도 중요하지만, 문화를 만들어가야 합니다. 각 지역에 특색을 살릴 수 있는 매장 내 인테리어도 신경을 쓰십시오."

"물론입니다. 획일화된 매장 분위기로 이끌어가지 않을 것입니다. 디자인과 인테리어 담당 부서에서 일곱 가지 형태의 내부 장식을 갖추었습니다. 올해 말까지 닉스디자인센터와 협력하여 세 가지를 더 추가해 열 가지 형태의 실내 디자인을 가져갈 것입니다."

외관과 달리 스타벅스 실내 장식은 각 지역과 어울리게끔 바꿀 수 있었다.

다양한 실내 인테리어를 통해서 닉스커피는 다른 커피 매장과 확연히 다른 차별점을 가져왔다.

1998년에 어울리지 않은 세련된 디자인과 소품들은 물론이고 의자와 테이블에도 상당한 신경을 썼다.

"커피 맛도 물론 중요하지만 세련된 실내 디자인과 편안함을 주는 분위기 또한 사람들을 끌어들이는 요소입니다. 매장 계약은 어떻게 진행하고 있으십니까?"

"매출액 대비 수수료를 내는 방식으로 건물주와 계약을

진행하고 있습니다. 건물주들이 처음 접하는 방식이라 거부감을 내세우기도 했지만 요즘 은행들마저 위태로운 상황이라 그런지 대다수가 저희 요구를 받아들였습니다."

IMF로 인해 건물과 땅값이 떨어졌다고는 하지만 닉스커피가 모두 사들일 수는 없었다.

이와 더불어 아무리 중심지에 자리 잡고 유동인구가 많다고 해도 요즘 국내 경기가 계속해서 하강 국면이라 건물주들도 어려움이 많았다.

은행과 증권사 등 금융권의 파산으로 인해 주요 업무용 빌딩과 건물들에도 공실이 늘어나고 있어 대부분 닉스커피의 요구를 수용했다.

"지금은 닉스커피가 어떤 파급력을 몰고 올지 외부 관계자들은 전혀 알지 못하겠지요."

닉스커피는 스타벅스가 그랬던 것처럼 주변 부동산의 변화까지 몰고 왔다.

"예, 지금은 어쩔 수 없이 저희를 받아들이는 느낌이 강합니다. 미국에서처럼 집과 직장에서 느낄 수 없는 새로운 공간을 제공하겠다는 콘셉트는 한국에서도 반드시 통할 것입니다."

고영환 대표의 말처럼 닉스커피는 집과 직장과 전혀 다른 제삼의 장소를 제공한다는 개념으로 영업 전략을 펼쳤다.

남들이 생각 못 한 영업 전략과 시대를 앞서가는 공간 디자인적인 개념을 통해서 닉스커피는 새로운 도약을 준비 중이었다.

*　　　*　　　*

올해 들어 대기업을 비롯한 기업들의 화두는 살아남느냐 아니면 쓰러지느냐였다.

이러한 비장한 각오로 생존 전략을 마련한 대기업들의 선택은 살아남기 위해 올 한 해 투자를 진행할 수 없다는 것이었다.

현대와 삼성을 비롯해 부도가 나지 않은 30대 그룹들 대다수가 올 한해 계획했던 투자사업 모두를 연기하거나 백지화시켰다.

이제는 살아남기 위해 투자보다는 거품과 군살 빼기에 중점을 둔 경영 전략을 펼쳐야만 하기 때문이었다.

"닉스홀딩스가 쌍용정유까지 넘보고 있습니다."

대산그룹의 정용수 비서실장의 보고였다.

"쌍용정유는 합작 회사인 아람코에 넘긴다고 하지 않았나?"

이대수 회장은 정용수의 보고에 놀란 표정을 지으며 되물었다.

쌍용정유의 지분은 91년 합작한 사우디아라비아의 아람코가 35%를 소유했고 쌍용은 28.4%의 지분을 가지고 있었지만, 경영은 쌍용이 맡아왔다.

"닉스정유에서 아람코보다 더 좋은 조건을 제시한 것 같습니다."

"어허! 이거 정신을 못 차리겠네. 다들 어떻게든 살아남으려고 허리띠를 조르고 있는데 닉스홀딩스만 아닌 것 같아. 쌍용정유가 정유업계에서 3위 정도였나?"

"예, 지난해 5조 3천억 정도의 매출과 944억 원의 순이익을 올렸습니다. 쌍용그룹의 계열사 중에서 매출 규모가 가장 큽니다."

쌍용정유는 82년 이후 줄곧 흑자를 기록한 알짜배기 회사였다.

"음, 닉스홀딩스는 마치 IMF를 기다렸다는 듯이 움직이고 있어. 한화까지 먹은 상황에서 쌍용정유까지 손에 넣으면 국내에는 적수가 없겠어."

"들려오는 소문에는 쌍용뿐만이 아니라 현대정유까지 넘보려 한다는 말이 있습니다."

"아무리 닉스홀딩스가 자금이 넉넉하다고는 하지만 현대

정유는 덩어리가 다르잖아."

시장에서는 쌍용그룹이 매각하려는 쌍용정유의 지분 28.4%와 경영권을 3억 달러 정도로 보고 있었다.

하지만 현대정유는 규모가 완전히 달랐다.

현대정유가 매각이 이루어진다면 적어도 8~10억 달러 는 필요했다.

IMF 관리 체제에서 대기업들은 대규모 자금을 끌어올 방법이 없었다.

"예, 그렇긴 합니다만 닉스홀딩스가 보이는 행보가 심상 치 않습니다. 이미 주식시장에서 쌍용정유의 지분을 상당 수 인수했다는 말도 있습니다."

주식시장 상황이 좋지 않은 상황에서도 쌍용정유의 주가 는 꾸준히 상승세를 이어갔다.

시장에서는 이러한 모습을 쌍용정유를 노리는 세력의 움 직임으로 보기도 했다.

"지금 국내 정유회사들 모두 어려움에 부닥쳐 있어. 자동 차 쪽이 크게 성장할 것처럼 보이자 정유 5개사가 앞다투어 투자했지만, 결과는 중복 투자로 인해 다들 손해를 보고 있 잖아. 여기에 닉스정유까지 본격적으로 가세했으니 시장이 어떻겠어?"

작년 국내 정유 5개사의 정유 생산능력은 하루 244만 8천

배럴이다.

SK가 81만 배럴로 가장 많았고 LG칼텍스정유가 65만 배럴, 쌍용정유가 44만 3천 배럴, 현대정유가 31만 배럴, 한화에너지가 27만 5천 배럴이었다.

여기에 본격적으로 닉스정유가 가세하여 정유 생산능력을 3백만 배럴로 끌어올렸다.

닉스정유가 생산량의 절반 이상을 중국과 일본으로 수출하고 있지만, 국내로 들어오는 양 또한 적지 않았다.

가격마저 저렴한 닉스정유의 휘발유와 경유로 인해 국내 정유사들은 큰 어려움에 빠졌다.

여기에 작년 환차손으로 인해 큰 손해를 본 국내 정유사들은 이익이 큰 폭으로 감소하고 부채율 또한 크게 상승했다.

"예, 말씀대로 올해를 기점으로 한화에너지와 쌍용정유가 무너졌다고 볼 수 있습니다. 물론 그룹 자체의 어려움 때문이기도 하지만요."

"음, 현대정유도 쉽지 않아. 아니, 우리를 비롯한 모든 기업이 그렇지만 말이야."

"도대체 닉스홀딩스는 어떻게 이런 일들을 아무렇지 않게 벌일 수 있는지 모르겠습니다."

정용수 비서실장의 솔직한 심정이었다.

닉스홀딩스는 막대한 자금이 들어가는 정유와 화학, 그리고 제철 사업까지 신규로 펼치고 있는 상황에서 삼성전자의 반도체 사업을 막대한 자금을 투입해 인수했다.

여기에 한화에너지 인수와 함께 쌍용정유까지 인수하려는 것은 사실 그룹 규모와 자금 흐름을 볼 때 이치에 맞지 않았다.

"음! 우리가 잘못 판단하고 있는 것일 수도 있어. 우리가 알고 있는 닉스홀딩스의 규모로 보면 너무 과도한 일이야. 하지만 닉스홀딩스의 실체를 전부 안다고는 할 수 없잖아. 과도한 자금 집행을 보면 다른 회사들처럼 이미 부도가 나거나 크게 흔들려야 하는 것이 정상인데 말이야."

대산그룹의 비서실에서는 닉스홀딩스가 과도한 투자와 자금 집행으로 2~3년 안에 크게 흔들릴 것으로 보았다.

하지만 지금 그 우려를 불식하듯이 국내 정유사와 반도체 회사들을 차례대로 인수해 가고 있었다.

"분명 강태수 회장 뒤에 누군가가 있을 것입니다. 그렇지 않고서는 지금의 닉스홀딩스의 행보는 말이 안 되는 일입니다."

"음, 닉스홀딩스가 러시아의 룩오일NY와 친밀한 관계를 보인다고는 하지만 그쪽도 우리 못지않게 나라가 흔들리고 있는데 말이야. 정말이지 강태수 회장을 알면 알수록 더욱 미궁에 빠지는 느낌이 들어."

룩오일NY에 대해서 한국에 알려진 것은 단편적인 것들 뿐이었다.

이대수 회장의 말처럼 러시아도 주식시장이 폭락하고 외국 투자자들의 자금이 대거 빠져나가고 있었다.

*　　　*　　　*

"2억 5천만 달러는 받아들이기 힘듭니다. 아시다시피 저희 회사는 15년간 적자를 기록한 적이 없습니다."

쌍용정유 측 인수협상 팀장인 박수호 전무이사의 말이었다.

"그건 작년까지의 일입니다. 올해는 작년과 같은 매출과 이익을 내기 힘들다는 것이 기업평가서에 나와 있습니다. 시장의 상황이 결코 쌍용정유에 유리하지 않습니다."

닉스홀딩스 인수협상 팀장인 김선동 상무이사의 말이었다.

국내 정유 시장은 춘추전국시대에서 삼국시대로 바뀌는 과정에 있었다.

작년 한화에너지는 급격한 달러 환율 상승에 따른 환차손으로 인해 적자가 발생했고, 올해 쌍용정유와 현대정유사 또한 큰 폭의 매출 하락과 이익 감소가 예상되었다.

업계 선두였던 SK는 물론 LG칼텍스정유도 어려움은 매한가지였다.

"물론 어려움은 예상됩니다. 하지만 쌍용정유 합작사인 아람코에서 3억 달러 이상을 충분히 받아낼 수 있습니다."

"시장 상황이 바뀌지 않았다면 박 전무님의 말씀처럼 3억 달러가 아닌 5억 달러도 받아낼 수 있습니다. 하지만 국내 시장은 저희가 새롭게 진입함으로써 달라졌습니다. 아람코 사도 이 점 때문에 협상을 중단한 것으로 압니다."

'뭐냐? 알고 있었던 거야?'

박수호 전무가 김선동 인수협상 팀장의 말에 순간 놀라며 금테 안경을 위로 추켜올렸다.

쌍용정유는 가격을 더 받아내기 위해 닉스정유와 아람코 사와 동시 협상을 진행했다.

"으흠! 협상 중단은 잘못 아신 것입니다. 아람코는 쌍용정유의 값어치를 충분히 아는 회사입니다. 더구나 지분 협상의 키는 저희가 쥐고 있습니다."

"저희가 입수한 정보와는 다른 말씀을 하시는군요. 아람코는 쌍용양회가 가지고 있는 28.4%의 지분 전부를 매입할 의사가 없다고 했습니다. 부분적인 지분 매수는 가능하겠지만, 적자가 예상되는 회사를 비싸게 매입하지는 않겠지요."

"적자라니요? 이 보고서는 닉스정유가 조사한 자료일 뿐입니다. 저희가 알고 있는 시장 지표와는 전혀 다릅니다."

"좋습니다. 2억 7천만 달러에 지분을 일괄 인수하겠습니다. 여기서 더는 금액을 올려 드릴 수 없습니다. 그리고 한 가지 더 말씀드리면 우리는 이 자료를 바탕으로 아람코와도 지분 인수 협상을 벌이고 있습니다."

닉스홀딩스 인수협상 팀장인 김선동의 말에 박수호 전무는 놀란 표정으로 아예 안경을 벗어버렸다.

Chapter 14

쌍용정유의 인수가 확정되었다.

한화에너지에 이어서 쌍용정유까지 인수하자 닉스정유
는 쌍용정유의 44만 3천 배럴과 한화에너지의 27만 5천 배
럴을 합해 하루 110만 배럴의 정제 능력을 갖추게 되었다.

이는 업계 선두를 달리던 SK를 넘어서는 것으로 시장을
주도할 수 있는 능력을 갖추게 된 것이다.

"쌍용정유의 최종 인수대금은 2억 7천5백만 달러입니다.
아람코가 가지고 있는 35% 지분에 대해서도 조만간 결론이

날 예정입니다."

닉스정유의 홍동욱 대표의 보고였다.

"아람코가 어느 정도 금액을 요구하고 있습니까?"

"4억 달러 선에서 계약이 체결될 것 같습니다. 아람코가 쌍용정유에 투자한 것은 사우디아라비아에서 생산된 원유를 국내 시장에 유통하기 위해서였습니다. 하지만 이제 중동산 원유가 아닌 러시아의 원유를 들여오는 상황으로 바뀌자 굳이 쌍용정유의 지분을 가지고 있을 필요성이 떨어졌습니다."

처음 닉스정유가 예상했던 인수금액은 5억 달러 선이었다. 하지만 올해부터 닉스정유가 본격적인 생산에 들어가 쌍용정유의 적자가 예상되자 아람코의 생각이 바뀌었다.

"시장에서는 지분을 얼마나 사들였습니까?"

"6%를 확보했습니다. 주식시장에서 4%를 매입하고 홍구석유가 가지고 있던 2%의 지분도 확보했습니다."

이미 인수가 확정된 28.4%의 지분에 6%를 합하면 34.4%였다. 여기에 아람코의 지분을 모두 확보한다면 69.4%가 된다. 70%에 가까운 지분이면 경영상 전혀 문제 될 것이 없었다.

"음, 그 정도면 충분하겠네요. 아람코와 협상을 길게 끌 필요가 없습니다. 이번 달 내로 계약을 체결하십시오."

쌍용정유가 흑자로 돌아서면 아람코는 지분을 내어놓지

않거나 지분 가격을 높게 부를 수 있었다.

이 때문에 쌍용정유의 인수가 확실히 마무리될 때까지 닉스정유와의 합병을 바로 추진하지 않을 예정이다. 합병이 이루어진 후에야 러시아의 원유를 공급할 것이다.

"예, 말씀대로 추진하겠습니다."

"대신 현대정유와의 협상은 서두를 필요성은 없습니다. 시장지배력이 떨어지는 회사들은 우리와의 경쟁에서 밀려날 테니까요. 우리가 관심을 두지 않으면 가격을 스스로 내릴 것입니다."

현대그룹도 구조조정과 함께 핵심 사업에 대한 투자금을 마련해야 하는 상황에서 현금이 급했다.

더구나 그룹의 핵심인 현대자동차가 기아자동차를 인수하기 위해서도 상당한 자금이 필요했다.

현재 M&A 시장에는 기아자동차뿐만 아니라 쌍용자동차도 매물로 나와 있었다.

"무슨 말씀인지 알겠습니다. 협상팀에게 전달하겠습니다."

닉스홀딩스의 인수 합병을 위한 자금은 풍부했다.

닉스와 블루오션, 블루오션반도체, 도시락, 도시락마트 등이 벌어들이는 돈은 외부에서 생각하는 것보다 훨씬 더 많았다.

여기에 외부에 잘 알려지지 않은 닉스코어가 본격적으로

전 세계에 광물을 공급하자 막대한 자금이 들어왔다.

이와 함께 닉스커피, 닉스정유, 닉스제약, 닉스E&C, 닉스
해운, 닉스호텔, 닉스에너지, 닉스케미컬 등도 상당한 흑자
를 내고 있었다.

더구나 세계적인 은행으로 성장한 소빈뱅크의 금융 지원
은 닉스홀딩스에 날개를 달아주고 있었다.

*   *   *

코사크가 관리하는 야쿠츠크의 사타가이 교도소로 이송
된 흑천의 인물들은 모든 걸 포기한 듯한 표정이었다.

휑한 벌판에 세워진 사타가이 교도소는 삼천이백 명의
죄수들을 수용할 수 있는 시설이었다.

여기에 다시 사천삼백 명을 수용하는 타바가 교도소가
사타가이에서 5㎞ 정도 떨어진 곳에 새롭게 만들어졌다.

두 교도소 위치한 주변 65㎞ 이내에는 민가가 없었고 군
부대만이 존재할 뿐이었다.

"병철이가 어제 얼어 죽었어. 이놈들은 우릴 인간으로 취
급하지 않아."

추위에 아직 적응하지 못한 정인호가 연신 입김을 쏟아

내며 말했다.

"후! 모든 게 끝이야. 우리의 세상이 곧 올 줄 알았는데."

정인호의 말에 대꾸하는 박용빈의 눈동자는 흔들렸다.

오후의 잠깐 주어지는 운동 시간이었지만 4월을 무색하게 만드는 눈이 내리고 있었다.

"놈들에게 협조하면 여기보다 나은 교도소로 갈 수 있다고 하던데."

"누가 그러는데?"

"장수와 한 방을 쓰던 영훈이가 그러던데. 엊그제 저녁 장수가 교도관에게 할 말이 있다고 말한 후에 교도소를 떠났다고 말이야."

"사실이야?"

"그런 말을 거짓으로 말할 친구가 아니잖아. 영훈이도 이제 보이지 않지만 말이야."

"영훈이도 떠난 거야?"

박용빈의 말에 정인호는 말없이 고개를 끄덕였다.

"난 배신자가 될 수 없어."

"누구나 마찬가지야. 하지만 아무런 기약 없이 이곳에 있을 수는 없는 일이야."

"뭐냐? 너도 저놈들에게 꼬리를 흔들려고 하는 거야?"

"병철이처럼 얼어 죽을 수는 없잖아. 나도 우리를 이렇게

만든 놈들에게 복수하고 싶어. 후후! 한데, 이대로 있다가
는 내가 먼저 죽을 것 같아."

정인호는 개죽음을 당하기 싫었다. 이곳은 한국과 너무
나 달랐다.

처음 이곳에 도착한 흑천의 인물들은 탈출을 꿈꾸었고
교도관에게 대항하려는 생각을 가졌었다.

하지만 탈출은 무조건 총살이었고, 교도관의 말에 복종하
지 않으면 이불 없이 혹독한 추위를 독방에서 견뎌야 했다.

더구나 흑천의 인물들은 다른 러시아 죄수들과 달리 손
과 발에 수갑을 채웠다.

동료인 최병철도 교도관의 명령에 불응하다 독방에 갇혔
고, 이틀을 버티지 못하고 결국 얼어 죽었다.

이곳은 생명에 대한 존엄성도 인권도 없었다.

"대종사께서 우릴 버리시지 않을 거야."

"크크큭! 이곳이 어딘지나 알고 말하는 거야? 어쩌면 대
종사도 이 세상 사람이 아닐지도 몰라."

박용빈의 말에 정인호는 자포자기한 심정으로 말했다.
이러한 정인호의 말에 박용빈은 반박할 수 없었다.

지구상에서 가장 추운 곳 중 하나인 야쿠츠크에 세워진
코사크 교도소는 희망이 없는 절망의 장소였다.

더구나 흑천의 인물들은 어떠한 재판도 없이 죽을 때까

지 이곳에 감금될 수밖에 없었다.

"박종대와 서광열이 놈들을 설득하고 있습니다."

타바가 교도소의 박유리 교도과장이 코사크의 현지 책임
자인 뱌체슬라프에게 보고했다.

박유리는 고려인 4세였다.

흑천의 척살대였던 박종대와 서광열은 제일 먼저 사타가
이 교도소를 경험했던 인물들이었다.

두 사람은 흑천에서 돌아서서 코사크에 적극적으로 협조
하고 있었다.

흑천의 본거지가 괴멸되었다는 소식을 접한 박종대와 한
광열은 코사크의 힘이 얼마나 대단한지 새삼 깨달았다.

함께 러시아로 보내졌던 김서준은 병사했고, 장애인이
된 조영석은 수감 생활을 견디지 못하고 스스로 목숨을 끊
었다.

"두 사람은 새로운 출발을 원하고 있으니까 최선을 다하
겠지. 놈들도 살고 싶으면 선택을 해야 하니까."

"흑천의 놈들은 인간 병기라고 하던데, 우리를 배신하지
는 않을까요?"

"염려하지 않아도 돼. 본부에서 충분한 대비를 하고 있으
니까. 더구나 놈들은 이제 돌아갈 곳이 없어."

사타가이와 타바가 교도소에 수감된 흑천의 인물들은 모두 28명이었다.

이들 중 코사크에 적극적으로 협조 의사를 밝힌 인물들은 13명이었고, 이들은 사타가이에서 타바가 교도소 이감되어 특별 관리되고 있었다.

*　　　*　　　*

코사크에서 급하게 연락을 취해왔다. 조지 테닛 CIA 국장이 나를 만나고 싶어 한다는 말이었다.

이 때문에 새롭게 코사크 대표를 맡게 된 보리스와 정보 센터장인 쿠즈민이 한국으로 급하게 들어왔다.

"테닛 국장이 날 만나고 싶어 하는 이유가 뭐지?"

"현재로써는 저희가 붙잡고 있는 CIA 요원들의 석방과 연관된 일이 가장 크다고 볼 수 있습니다."

"음, 단지 그것 때문에 날 보자고 하는 것은 뭔가 부족한 느낌인데. 러시아 정부와 접촉을 해도 되는 문제가 아닌가?"

보리스의 말에 의구심이 들어 되물었다.

"저희에게 연락을 취하기 전에 FSB(러시아연방보안국)와 접촉이 있었습니다. 하지만 FSB에서는 전혀 알지 못하는

일이라며 모르쇠로 일관했습니다. 테닛 국장이 직접 움직
인다는 것으로 보아 CIA가 상당히 다급한 것 같습니다. 회
장님을 공격했던 고스트는 CIA 조직 내에서도 잘 알려지지
않은 팀이라 테닛 국장이 늦게 알아챈 걸 수도 있습니다."

야쿠츠크의 사타가이 교도소에 갇혀 있는 CIA 인물들을
통해 CIA의 내부에서 권력 투쟁이 벌어지고 있다는 것을
알게 되었다.

더불어서 사로잡힌 CIA 요원들이 털어놓은 정보를 바탕
으로 독립국가연합과 동유럽에 구축한 CIA 정보망에 심각
한 타격을 주었다.

"그렇다면 우리가 CIA 놈들을 붙잡고 있다는 것을 알고
있다는 것으로 봐야겠군."

"예, 모든 키를 회장님이 쥐고 있다는 것도 알고 있을 것
입니다."

"음, 내줄 것은 내주고 받을 것을 생각해 봐야겠어. 날 노
린 대가도 말이야."

이미 사로잡은 CIA 인물들을 통해서 상당한 정보를 입수했
다. 몇몇 인물들을 풀어주어도 크게 문제가 될 것은 없었다.

*　　　*　　　*

조지 테닛 CIA 국장이 비밀리에 신의주 특별행정구를 방문했다. 신의주공항에 내린 조지 테닛 국장은 네 명의 경호원 겸 수행원만을 대동했다. 그는 곧장 특별행정구 내의 닉스호텔로 향했다.

조지 테닛이 한국과 러시아가 아닌 신의주 특별행정구를 찾은 이유는 주변국의 감시에서 자유롭기 때문이다. 더구나 특별행정구를 비롯한 신의주 일대는 내 통제하에 있었다.

"정말 놀랍군. 북한 지역이 이 정도로 탈바꿈할 수 있다니."

닉스호텔에 여장을 푼 테닛 국장은 호텔 창밖으로 보이는 풍경을 보며 말했다.

관광지구 내에 자리한 닉스호텔 주변으로도 여러 호텔들과 화려한 쇼핑센터가 멋진 모습으로 자리하고 있었다.

그 모습이 미국의 라스베이거스에 못지않았다.

"신의주 특별행정구의 장관인 강태수 회장이 만들어낸 작품입니다. 해마다 관광객들이 늘고 있다고 합니다."

그를 수행하는 동아시아 현장 책임자인 로건의 말이었다.

"상식적으로 이해할 수 없는 인물이야. 러시아에서는 룩오일NY와 코사크를 이용해 차르로 군림하고, 한국에서도 거대 기업인 닉스홀딩스를 소유하고 있으니까 말이야."

테닛은 닉스홀딩스가 계열사로 있는 닉스와 미국의 NS 코리아를 통해서 미국의 유망 기업들을 상당수 인수했다는 것을 알게 되었다.

"그 모든 일을 8년 만에 만들어냈습니다. 저희도 강태수 회장을 조사하는 내내 믿기지 않았습니다."

"대단한 천재이거나 세상의 운을 다 가진 사내로밖에는 생각할 수가 없겠지. 러시아는 이미 표도르 강의 손에 떨어진 거나 마찬가지잖아."

"예, 크렘린은 물론이고 주요 관리와 여야 정치인들도 모두 그의 영향력 아래에 놓여 있습니다. 여기에 러시아의 마피아까지 움직인다는 소문마저 흘러나오고 있습니다."

"음, 북한의 김평일 주석마저 강태수를 신뢰하고 있잖아. 남북의 정치인들에게도 영향력을 행사하는 위치라는 것이 마음에 걸려. 과연 우리가 강태수를 핸들링할 수 있을까?"

"충분한 대가를 준다면 우리에게 협조할 것입니다. 에임스 부국장을 처리하기 위해서는 강태수 회장이 필요합니다."

"그래, 큰 대가를 얻기 위해서는 위험을 감수해야겠지."

조지 테닛 CIA 국장은 결심한 듯 두 주먹을 강하게 쥐었다.

*   *   *

미국은 물론 전 세계를 주 무대로 활동하는 CIA의 조지 테닛 국장을 닉스 호텔에서 마주했다.

미국의 국익을 위해서 한 나라의 지도자나 정부 요인들도 CIA는 거침없이 제거했다. 이러한 일로 인해 미국에 맞서던 정치인과 나라들이 개혁을 이루어내지 못하고 주저앉았다.

"이렇게 만나뵙게 되어 영광입니다."

테닛 국장은 먼저 머리를 숙이고 들어왔다.

"저 또한 세계에서 가장 바쁜 분을 만나게 되어서 무척 반갑습니다."

테닛 국장이 내민 손을 강하게 잡으며 말했다.

"하하! 저보다 더 바쁘신 분이 강 회장님이라고 들었습니다. 시간을 내주셔서 정말 감사드립니다."

"설마 제 일정까지 다 조사하고 오신 것은 아니시지요?"

"하하하! 물론입니다. 저희가 조사를 한다고 해도 회장님의 일정은 알아낼 수가 없습니다."

테닛 국장은 내가 던진 농담 섞인 말에 크게 웃으며 말했다.

테닛과 만나는 자리에는 코사크의 대표인 이고리가 배석했고, CIA는 동아시아 현장 책임자인 로건이 함께했다.

"하하하! 그런가요? 하여간 CIA 덕분에 제가 더 몸조심하게 되었습니다."

나는 다시 뼈 있는 농담을 던졌다.

"모스크바의 일은 정말 죄송하게 되었습니다. 명색이 CIA 국장인데 제가 알지도 못하는 일이 진행되었습니다. 그 덕분에 저희는 동유럽에서 많은 것을 잃어버렸습니다."

테닛은 씁쓸한 미소를 지으며 말했다.

"동서고금을 막론하고 불의한 일에 대한 대가는 큰 것입니다. 절 만나자고 한 이유가 무엇입니까?"

서론을 길게 이야기할 필요가 없었다.

"저희를 도와주시면, 아니, 절 도와주신다면 회장님이 원하시는 것을 저 또한 도와 드리겠습니다."

"무엇을 말입니까? 세계를 주무르시는 CIA 국장께서 제게 도움을 요청하신다는 것이 믿어지지 않습니다."

"저 또한 한계가 있는 인간일 뿐입니다. 회장님께서 어느 정도 저희 사정을 알고 계신다고 생각됩니다. 우리가 저지른 잘못에 대한 것은 회장님께 대가를 치르겠습니다."

"어떤 식으로 말입니까?"

"소빈뱅크가 추진 중인 미국 내 은행에 대한 인수 합병을 적극적으로 도와드리겠습니다. 남미에 진출하고 있는 닉스코어의 활동도 저희가 도울 수 있습니다. 한 가지 더 있다면 퀄컴에 대한 인수 합병도 추진할 수 있게끔 만들어 드리겠습니다."

현재 소빈뱅크가 추진 중인 US뱅코프에 대한 인수가 지지부진했다. 미국 재무부가 나서서 소빈뱅크의 활동을 제약하는 움직임을 보이기 때문이다.

한편으로 남미에 상당한 영향력을 행사하고 있는 미국의 CIA가 움직이면 닉스코어의 움직임에 제약이 생길 수 있었다.

'상당한 조사를 진행했군.'

블루오션과 블루오션반도체는 퀄컴에 대한 인수를 검토하고 있었다. 그러나 퀄컴이 보유한 군사비밀기술로 인해 미국 법무부의 허가가 나오지 않으리라고 예상하여 보류 중이었다.

"저희에게 도움을 주겠다고 말씀하시지만 제가 듣기에는 경고로 들리기도 합니다."

"하하! 그럴 리가 있습니까. 문제를 해결할 열쇠의 키는 제가 가진 것이 아니라 회장님께서 쥐고 계시지 않습니까? 저는 회장님이 가지고 계신 키 중 하나를 빌리고 싶을 뿐입니다."

"그럼, 뉴욕과 모스크바에서의 빚부터 해결하고서 이야기를 나누고 싶군요. 두 일을 오랫동안 내버려 두면 이자가 더 늘어날 테니까요. 다른 사건도 있지만 그건 나중에 이야기하지요."

'단단히 벼르고 나왔군.'

"하하! 모스크바는 그렇다 치고 뉴욕은 저희가 진행한 일이 아닙니다."

테닛 국장은 뉴욕 소빈뱅크에서 벌어졌던 습격 사태에 대해서는 발뺌하는 말을 했다.

"설마 뉴욕의 월스트리트에 위치한 은행에 은행 강도가 들었다고 말씀하시겠습니까?"

"그때 어떤 일이 있었는지는 제가 부임하기 전이라 구체적인 것을 알지 못합니다."

"그러시다면 제가 알게 해드리지요."

내 말이 끝나자 호텔 방에 있는 TV에 전원이 들어왔다. 그리고 화면에는 코사크에 사로잡힌 도널드 그레그 CIA 동유럽 현장 책임자의 모습이 드러났다.

그리고 그의 입을 통해서 나를 죽이기 위해 진행된 작전이 흘러나왔다.

그의 이야기를 듣고 있는 테닛 CIA 국장과 동아시아 현장 책임자인 로건의 표정이 심하게 일그러지는 것이 보였다.

"이 내용이 외부에 발표된다면 어떤 후폭풍이 생길지는 테닛 국장님께서 잘 알고 있으리라고 생각됩니다. 러시아 정부에서는 이 사건을 외부에 공개하려고 했지만 제가 극구 말렸습니다. 하지만 제가 지금껏 받은 손해는 물론, 저를 구하기 위해 희생된 경호원들에 대한 대가는 주셔야 한다고 생각됩니다."

테닛 국장은 내 말을 묵묵히 듣고 있었다.

러시아와 한국의 유력 기업인을 한두 번도 아닌 다섯 번이나 CIA가 연루되어 목숨을 노렸다는 것은 심각한 사태였다.

이 사건이 언론에 발표된다면 CIA는 물론 미국 정부에 심각한 타격을 줄 수 있었다.

"후— 우! 이 정도까지 심각한 일인지는 저도 몰랐습니다. 어떻게 말을 꺼내야 할지 저도 난감할 뿐입니다. CIA의 책임자로서 정말 죄송하다는 말씀을 드립니다."

테닛은 식은땀이 나는지 말을 마치자마자 손수건으로 이마와 목을 닦았다.

"미안하다는 말은 백 번을 들어도 무의미합니다. 내가 죽었으면 그 말도 들을 수 없겠지만요."

"무슨 말씀이신지 알겠습니다. 지금부터는 회장님과 저 단둘이 이야기를 나누고 싶습니다."

"음, 좋습니다."

내 말이 떨어지자 자리에 동석했던 코사크를 이끄는 이고리와 동아시아 현장 책임자인 로건이 자리에서 일어나 방을 나갔다.

두 사람이 방을 나가는 것을 지켜본 테닛이 입을 열었다.

"회장님께서 어디까지 알고 계시는지는 모르겠지만, 저는 아직 CIA를 완전히 장악하지 못했습니다. 그리고 회장님에 대한 공격은 전임 국장이 진행한 것이 아닌 에임스 부국장이…….”

테닛 국장은 내가 알고 싶었던 이야기를 꺼내놓기 시작
했다.

＊　　　＊　　　＊

프랑스 파리에 머물던 CIA의 에임스 부국장은 영국 런던
에서 MI6(영국 해외정보국)의 존 소오스 국장을 만났다.

“사자의 도움이 필요하게 되었습니다.”

“하하! 천하의 에임스 부국장께서도 코너로 몰릴지 몰랐
습니다.”

소오스 국장은 깍지 낀 양손을 무릎 위에 올려놓으며 말
했다. 그는 이스트가 유럽에 심어놓은 인물 중 하나였고 코
드명은 C였다.

“우리가 선택한 변수가 폭풍을 몰고 올지 몰랐습니다. 늑
대 새끼인 줄 알았는데 어느 순간 사자로 탈바꿈해 우리를
위협하고 있습니다.”

“하긴 저희도 표도르 강의 소빈뱅크로 인해 파운드가 크
게 흔들렸지요. 재무성의 오즈번 장관이 그 책임을 지고 자
리에서 물러났으니까요. 하지만 지금 그의 위치로 보아서
는 섣불리 건드릴 수 없지 않습니까?”

"물론 쉬운 일은 절대 아닙니다. 솔직히 저희도 여러 번 실패했습니다. 문제는 이로 인해서 제 위치가 흔들리고 있습니다. 새로 부임한 테닛이 이 기회를 이용해 CIA를 장악하려고 합니다. 테닛의 손에 CIA가 들어가면 지금껏 어렵게 이룩해 놓은 가이아 계획이 흔들릴 것입니다."

가이아 계획은 전 세계를 다시금 식민지 시대처럼 이스트와 웨스트가 나누기 위한 계획이었다.

"음, 그쪽에서도 실패한 일을 저희가 성공할 수 있다는 보장이 없지 않습니까?"

"재규어를 풀어놓으시지요. 그리고 이건 저희 쪽에서 개발한 약물입니다. 짧은 시간이지만 신체 능력치를 배가시켜 줍니다."

에임스는 담배와 비슷한 상자를 내어놓았다. 그 상자에는 녹색 캡슐에 담긴 알약 스무 개가 들어 있었다.

"재규어를 동원하기에는 너무 위험부담이 큽니다."

"위험을 감수하지 않고서는 놈을 잡을 수 없습니다. 테닛 국장이 먼저 움직이기 전에 표도르 강을 제거해야만 합니다. 그렇지 않으면 영국은 아프리카를 얻을 수 없을 것입니다."

이스트를 이끄는 로스차일드 가문이 지대한 영향력을 행사하는 곳이 영국이었다.

나폴레옹 전쟁 당시 로스차일드는 프랑스가 아닌 영국을

선택했고, 그 선택은 신의 한 수가 되어 지금의 이스트를 만드는 초석이 되었다.

"표도르 강이 DR콩고에서 아주 놀라운 일을 해냈더군요."

"DR콩고뿐만이 아닙니다. 르완다와 부룬디, 그리고 우간다까지 표도르 강에게 넘어갔다고 보시면 됩니다."

"음, 한국과 러시아에 레드작전이 진행되고 있지 않습니까? 그가 이끄는 기업들도 흔들리지 않을까요?"

"물론 타격을 입을 것입니다. 올해 안으로 러시아의 경제는 산산조각이 날 것입니다. 하지만 표도르 강이 러시아에서 차지한 석유 때문에 완벽한 처리는 힘들 것입니다. 놈이 사라져야지만 처음 우리가 계획했던 대로 러시아를 우리가 차지할 수 있습니다."

"한데 어디로 놈을 끌어들일 수 있습니까? 이미 러시아와 미국에서도 실패하지 않았습니까?"

"이번 런던에서 벌어지는 OPEC 긴급회의에 룩오일NY Inc가 특별 게스트로 초대되었습니다."

오펙은 유가가 지속적으로 하락하자 하락 방지를 위해 긴급회의를 개최하기로 했다.

석유수출기구인 오펙(OPEC)은 1960년 9월 원유 가격 하락을 방지하기 위해 이라크 정부의 초청으로 개최된 바그다드회의에서 이라크, 사우디아라비아, 이란, 쿠웨이트, 베네수엘라의 5대 석유 생산 · 수출국 대표가 모여 결성한 협의체이다.

오펙의 본부는 오스트리아 빈에 있으며 현재 기준 회원국은 13개 나라로 중동의 이란, 이라크, 쿠웨이트, 사우디아라비아, 카타르, 아랍에미리트와 아프리카의 알제리, 앙골라, 나이지리아, 리비아, 라틴아메리카의 베네수엘라, 에콰도르, 그리고 아시아의 인도네시아다.

"표도르 강이 온다는 보장이 없지 않습니까?"

"반드시 오게 만들어야지요."

"어떻게 말입니까?"

"제가 만나자고 할 것입니다."

"음, 표도르 강이 런던에 온다 해도 재규어를 런던에 풀어놓는다는 것이 마음에 걸립니다."

재규어는 영국과 영연방국가의 특수부대에서 활동하던 인물들로 구성된 전투부대였다.

문제는 개개인의 전투력은 뛰어나지만, 살인 본능이 강해 작전 중 과도한 살인과 파괴를 일삼았다.

MI6과 CIA는 이들을 남미와 아프리카에서 벌어지는 더러운 전쟁에 동원하여 상당한 재미를 보았다.

하지만 군인뿐만 아니라 민간인에 대한 살인과 약탈이 늘 문제로 남았다.

"사냥이 끝나면 재규어도 현장에서 정리해야지요."

"SAS를 동원하자는 말씀입니까?"

영국이 자랑하는 SAS(Special Air Service: 육군 공수특전단)는 특수부대의 원조격으로 전쟁은 물론 대테러전까지 투입되는 전천후 특수부대다.

"구르카 용병을 이용하시지요. 놈들을 빠져나가지 못하게 모두 제거해야 하니까요. 이참에 우리 말을 무시하는 아랍 놈들도 몇 정리하는 것도 좋습니다."

세계 최강 용병으로 불리는 구르카 용병은 영국군에서 삼천 명 정도가 활동하고 있었다.

"음, 정리가 필요한 시기이기는 하지만 제가 결정할 문제는 아닌 것 같습니다. 오펙의 인물들까지 포함한다면 말입니다."

오펙(OPEC)을 창설하도록 도운 웨스트의 말을 이라크와 이란이 듣지 않고 있었다.

여기에 베네수엘라의 대통령으로 당선된 차베스 대통령과의 관계 또한 좋지 않았다.

CIA의 배신으로 1992년 공수부대 중령이었던 우고 차베스는 쿠데타에 실패해 2년 동안 수감 생활을 했다. 그 뒤로 미국과는 관계가 소원해졌고, 96년 차베스가 신청한 비자 발급을 미국이 거부했다.

차베스는 대선 유세 때 자신이 공약으로 내세운 경제 개혁 조치 중 하나로 석유 산업을 국유화하려는 움직임을 보였다.

이러한 움직임으로 베네수엘라, 브라질, 콜롬비아 3국 간 석유 회사 연대를 모색하고 있었고, 이는 미국의 영향력에서 벗어나려는 움직임이었다.

현재 베네수엘라는 미국 석유 수입량 가운데 17%인 하루 136만 배럴을 미국에 공급하고 있었다.

"이번 일을 도와주시면 룩오일NY가 가지고 있는 소빈뱅크를 이스트에 넘기겠습니다. 마스터께서 허락한 일입니다."

에임스의 말에 소오스 국장의 표정이 확연히 달라졌다.

『변혁1990』36권에 계속…

초대형 24시 만화방

신간 100%, 샤워실, 흡연실, 수면실(침대석), 커플석, 세탁기 완비

■ 광명 광명사거리역점 ■

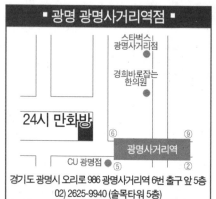

경기도 광명시 오리로 986 광명사거리역 6번 출구 앞 5층
02) 2625-9940 (솔목타워 5층)

■ 강북 노원역점 ■

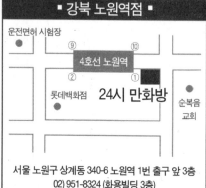

서울 노원구 상계동 340-6 노원역 1번 출구 앞 3층
02) 951-8324 (화용빌딩 3층)

■ 일산 정발산역점 ■

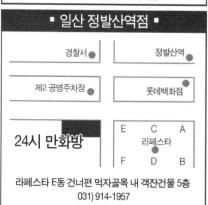

라페스타 E동 건너편 먹자골목 내 객잔건물 5층
031) 914-1957

■ 일산 화정역점 ■

경기도 고양시 덕양구 화정동 984번지 서일빌딩 7층
031) 979-4874 (서일사우나 건물 7층)

■ 부천 역곡역점 ■

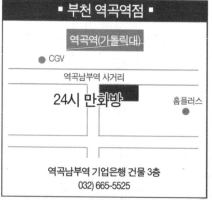

역곡남부역 기업은행 건물 3층
032) 665-5525

■ 부평역점 ■

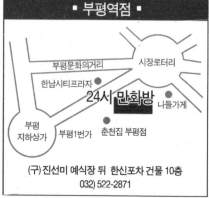

(구) 진선미 예식장 뒤 한신포차 건물 10층
032) 522-2871

FUSION FANTASTIC STORY

임영기 장편소설

상남자
스타일

의뢰 성공률 100%를 자랑하는 만능술사 '골드핑거' 강선우.
사실 그에겐 말 못 할 비밀이 있는데…….

바로 신족의 가문 '신강가(神姜家)'와
다국적 기업 '스포그(SFOG)'의 도련님이라는 사실!

"내가 만능술사를 하는 이유는
세상을 이롭게 하기 위해서야."

돈이면 돈, 권력이면 권력, 능력이면 능력.
모든 것을 다 가진 그가 해결 못 할 의뢰는 없다!
지금 전 세계가 그의 행보에 주목한다!

Book Publishing CHUNGEORAM

유행이 아닌 자유추구 ~
WWW.chungeoram.com

한의 韓醫 스페셜리스트

가프 장편소설

FUSION FANTASTIC STORY

돌팔이 소리만 듣던 한의사 윤도.

달라지고 싶은 마음에 찾아간 중국 명의순례에서
버스 추락 사고에 휘말리고 마는데……

구사일생으로 살아 돌아온 지 30일.
전에 없던 스페셜한 능력들이 생겼다?

**초짜 한의사에서 화타, 편작 뺨치는 신의로!
세상의 모든 질병과 인술 구현에 도전한다!**

Book Publishing CHUNGEORAM

유랑이 아닌 자유추구 –
WWW.chungeoram.com